「んぁ……あ、あ……あ、ああっ」
　上半身があらわになって、シルヴァンは全体をざらりと撫であげてきた。すでに勃っている乳首にくちづけて、くわえられて強く吸いあげられる。

（本文より）

辺境の金獣王 愛淫オメガバース

SAHO HARUNO

はるの紗帆

Illustration

榎本あいう

SLASH
B-BOY NOVELS

この物語はフィクションであり、実際の人物・団体・事件等とは、一切関係ありません。

CONTENTS

辺境の金獣王

プロローグ

うわぁん、うわぁん、と泣き声がする。

両手に紙袋を抱えたルネは、ふいとそちらを見た。馬車の走る道を外れたところ、茂みの中で子供が泣いている。親はどこなのかひとりで、地面に放り出した脚は土で汚れていて、膝のところに少し血が滲《にじ》んでいる。

ルネは、黒い髪をふたつにわけて結いあげたその子供に近づいた。泣き声が響くたび、子供の頭の上の耳が、ぴくぴくとうごめく。

「大丈夫だよ、泣かないで」

子供の前にひざまずき、紙袋を置いてルネは声をかけた。微笑みかける。子供は驚いたように泣きやんで、じっとルネを見た。

「転んだの？　怪我をしたんだね」

「うん……」

ルネは、まわりを見やった。いろいろな草花が生えている茂みの中、あるものを見つけて顔を輝かせる。

「ちょっと待ってて」

ルネが手にしたのは、濃い緑をした背の低い草だった。ちぎって手の中で潰すと黒い汁が滲む。ルネはそれを、子供の脚の怪我をした箇所にそっと塗った。

「ひゃっ！」

「心配しないで。薬だから」

「お薬？」

「そう、アチェ草っていって、怪我に効く薬」

顔に涙の痕をつけた子供は、しかしもう泣いていない。不思議そうな顔をして自分の怪我した脚を見つめている。

「これで、すぐに治るよ。痕も残らないから」

「ありがと……」

ルネは、にこりと笑った。子供は立ちあがり、もう痛くないと感じたのか、ぴょんとひとつ、飛んでみせた。子供にしては太くて立派な尾が、一緒に揺れる。

「お父さんか、お母さんは？　どこ？」

「お母さんは……」

子供は、まわりをきょろきょろと見まわしている。そしてルネをじっと見ると、言った。

「お兄ちゃん、お耳は？　しっぽもないね」

「そうだね……」

ルネはまた小さく微笑んだ。いつもはフードをかぶってオメガであることを隠しているのだけれど、子供を助けようと走ったことで、取れてしまったらしい。子供は遠慮もなくじろじろとルネを見てくるので、ルネはおかしくなった。

「アリア！」

そこに、鋭い声が響いた。ルネは、はっとそちらを見る。子供と同じ色の耳と尾を持った女性が、こちらに走ってきている。

「アリア、なにをしているの！」

「お母さん！」

アリアと呼ばれた少女は、母親のもとに駆け寄った。母親はアリアを抱きあげて、そして気味悪そうにルネを見た。

「オメガの手を借りるなんて、なにをしているの！」

アリアは怯えたように、小さな声で母親になにかを言っている。ルネに薬を塗ってもらったことを告げているようだけれど、すると母親はますます気味悪そうにルネを見た。

「やめてちょうだい、行くわよ」

母親はアリアを抱いたまま、ルネに背を向けた。足早に去っていくふたりを見やっていると、アリアがルネに向かって控えめに手を振った。

ルネもそっと、手を振り返す。ふたりの姿は道を行き交う人々の中に消えてしまい、ルネは振っていた手を下ろすと、フードをしっかりとかぶり直す。そして地面に置いた紙袋を抱えた。

そうやってルネも、道に戻る。紙袋は重くて、少しふらふらとしながら、乗合馬車の乗り場に向かって歩き出した。

タクラン村に着いたのは、もう夜になってからだった。紙袋を抱えたルネは村の食堂に向かい、その裏口から中に入った。「ただいま」と声をあげると、鋭い叫びが飛んできた。

「遅かったじゃないの、ルネ！」

「すみません……」

声はルネの母親のものだ。その怒りを示すように、頭の上の耳がぴくぴくと揺れている。ルネがフードを取ると、穢らわしいものを見るように母は大きく身震いした。

「今日は、オメガの客が来たわ」

ルネに言うともなく、独り言のように母は言った。ルネは思わず、目を見開く。

「あんたみたいにフードをかぶって、隠してはいたけれどね。煩《わずら》わしい……オメガなんて。追い出すわけにもいかなかったから注文には応えたけれど。さっさと出ていってくれて、よかったわ」

旅の途中に立ち寄っただけなのだろうけれど、ルネはそのオメガに会ってみたかったと心から思った。もっともオメガふたりが話しているところなど見られれば、どれほど人の好奇心を煽るかわからない。ルネ自身も両親にひどく叱られると、わかってはいたけれど。

「言ったものは、買ってきたの？」

ルネは頷《うなず》いて、厨房の床に紙袋を下ろす。母親はテーブルの上に中身をあけ、なにやらぶつぶつと呟《つぶや》いている。

「……揃《そろ》ってるみたいね、よかったこと」

ルネは、ほっと息をついた。持たされていた財布をテーブルに置くと、母親がルネを睨《にら》んだ。

「帰ってきたんなら、夕食の支度をしてちょうだい。もう店が、忙しくなってきたわ」

「わかりました」

ルネは軽く頭を下げて、二階にあがった。ルネの家は食堂を営《いとな》んでいて、二階から上が住居になっている。ルネの仕事は店の買い出しと、家事ひと通りだ。ルネは、店に出ることを許されていない。

二階の自宅の台所に入ると手を洗い、食料棚になにがあるのかを確かめる。両親と店で働く者たちが食べるぶんに足りる材料があるかを見て、ルネはいつもの作業に取りかかった。


店の営業が終わり後片づけも済むと、ルネの一日の仕事も終わった。自室のランプの明かりの下、ルネはテーブルの上に草花を並べていた。

テーブルには、古い本が開いて置いてある。草花の絵と、細かい文字が書いてあるページが広げられていた。ルネは本の絵と、摘《つ》んできた草花を照らし合わせている。

「ククール草、アイモの花……」

ひとつひとつ確かめて薄紙に挟む。今日採取したすべてを調べ終えて、ルネはため息をついた。

ルネの数少ない所有物である薬草の本は、祖母の遺品だ。薬草を調べることも、本に書いてある字を読むことも、祖母が教えてくれた。昨年亡くなった祖母とルネは、この村でふたりだけのオメガだった。祖母がいない今、ルネだけがこの村に住むオメガである。

両親は、オメガである息子のことを恥じている。ルネを店に出すことがないのもそのせいだ。ことあるごとにオメガであることを責められた。「おまえなんか生まれてこなければよかった」と言われた回数など、覚えていない。両親の恥であることを、ルネ自身も引け目に感じていた。なぜルネだけが、オメガなのか。なぜ自分だけが孤立した存在なのか。ルネはそのようなことを考えることもあった。

オメガが生まれることはめったにないが、いったん生まれると立て続けに同じ一族に出るらしい。祖母がオメガだったことからまたオメガが生まれるのではないかと両親は懸念《けねん》していたところに、まさにルネが生まれたわけで——そのことをルネは、申し訳なく思っていた。

人は異端を好まない。買い物に出るあの大きな町でもそうなのだ、ましてや静かな時間が流れるこの村でオメガが生まれるなど、天変地異にも似た衝撃であったに違いない。自分は異端児で、本来ならば存在することを許されないのだ。

「……あ」

ルネはいつの間にかうつむいていた。オメガである自分は恥である存在だけれど、だからといって生きることを諦めてはいけない。それは祖母の教えだった。しかし気がつかないうちに落ち込んでいた自分に気がついて、はっと顔をあげる。

テーブルの上を片づけて、寝巻きに着替えた。ランプを消してベッドに入る。明日もまた、同じ一日がやってくる。オメガであるがゆえにフードをかぶって身を小さくし、目立たないように生きていかなくてはいけない、同じ一日が。

第一章

ひと月に一回、ルネは町へと買い出しに遣《つか》わされる。両親の営む食堂で使う香辛料や、田舎では手に入らない大きな肉の塊《かたまり》などを仕入れるのだ。オメガであることを知られないように、深くフードをかぶってルネは村を出る。

その日もルネは、紙袋を抱えて歩いていた。朝から町のあちこちで買い物をし、帰るのは夕方になる。乗合馬車の乗り場に向かって歩いていたルネは、ふと悪寒を感じて肩を震わせた。

(なに……?)

振り返る。そこにいたのは、獣頭の男――獰猛《どうもう》な狼のような頭をした、体の大きな男だった。

(アルファ……!)

ルネは足を止める。どくん、どくんと心臓が大きく鳴りはじめた。実際にアルファを見たのは初めてだったけれど、頭には尖った耳を、下肢には尾を持つのがベータ、耳も尾も持たないのがオメガ、そして獣頭であるのがアルファであり、オメガとアルファの断ち切り難《がた》い関係性については、祖母に話を聞いて知っていた。

アルファの男は、ルネをじっと見た。するとますます心臓が高鳴る。体が熱くなってくる。体中を走る血液が、温度をあげたように感じられる。

「おまえ……」

アルファの男が近づいてくる。彼はどこか酔ったような足取りで、手を伸ばすとルネの肩に触れてきた。

「う、わぁ！」

ルネは声をあげる。抱えていた紙袋がどさどさと地面に落ちた。しかしそのようなことに構っていられないくらい、ルネの体には異常が起こっていた。

「誘ってやがる……こんな、ところで。まだ初心《うぶ》なオメガか？」

「あ、あ……近づかないで！」

ルネはアルファに背を向けて、逃げようとした。しかし肩をがっつりと摑まれてしまう。

「そんなにフェロモン出しておいて、なにが近づくな、だ」

侮《あなど》るようにアルファは言って、ルネを引き寄せた。ルネは地面に転んで、その上にアルファがのしかかってくる。

「ここで犯してほしいのか？　衆人環視の中で？」

「お、かす……？」

ルネは大きく震えた。アルファはルネの顎《あご》をぎゅっと摑み、無理やり上を向かせる。ルネは満足に呼吸さえできなくて、激しく胸を上下させた。

「ずいぶんと、きれいな顔をしてるじゃないか」

欲望を隠さず、アルファは言った。

「こんなところで犯すのは、かわいそうだな。どこか、ゆっくりできるところで……」

そう言ったアルファは、手の力を緩めた。その隙にルネは全身に力を込めて、アルファの体の下から逃れた。地面を這うように逃げて、ようやっと立ちあがると全速力で駆ける。

「待て、おい！」

しかしルネは、待たなかった。荷物のこともなにもかも忘れて、ただ走る。傍《かたわ》らをがたがたと走っていくものに気がついて顔をあげるとそれは乗合馬車で、少し先が乗り場だということがわかった。そのまま走って馬車に乗り込み、同乗者に妙な顔をされながら、床に手をついてぜぇぜぇと何度も荒い息を吐いた。

タクラン村に着いたときには、もう夜になっていた。ルネは馬車を降り、よろよろと家に帰る。いつもどおり裏口から入ると、母親の怒鳴り声がルネを迎えた。

「おまえ……！」

顔をあげたルネは、母親の顔にいつもの怒りではない色を見てぎょっとした。その表情は、気味が悪いといった感情に彩《いろど》られている。

「おまえ、発情期が……」

「！」

体が熱い。心臓がどくどくと跳ねる。血液が逆流しているようだ。ルネはその場に倒れそうになって、しかし母親の悲鳴にはっとする。

「こんなところで倒れないで！」

大きく目を見開いた。ルネは精いっぱいの力を体に込めて立ちあがり、階段を登って自室に向かった。ベッドの上に倒れ込む。すると自分の体が、ベッドに沈み込みそうになるのを感じた。

体の熱さや心臓の状態は変わらず、それどころかどんどんひどくなる。

「はぁ、はぁ、はぁ」

呼気が激しく、呼吸がまともにできない。ルネは何度も肩を震わせ、しかし体の熱さはどうしても去ってくれない。

（どうして、俺……こんな、ことに……？）

母親の言葉を思い出した。発情期——言葉としては知っている。オメガは発情してアルファを誘う。フェロモンと呼ばれる香りを撒《ま》き散らすのだという知識があった。ルネ自身にはそのようなものを発している自覚はなかったが——そしてアルファの精を受けて、妊娠する。

「あ……あ、あ！」

考えているうちに、また体の熱さがせりあがってきた。ルネは激しく肩で息をして、熱を逃がそうとする。しかし思うようにはいかなくて、全身の怠さにまたベッドに身を沈める。

「んぁ……あ、ああ……っ……」

ルネはそっと、自分の下肢に手を伸ばした。どうしようもない熱さは、そこから生まれているようだ。排泄のときにしか意識したことのない部分が想像したこともないくらいに大きく育ち、熱を持っている。指先でそっと触れると、体中が痺れるような感覚が生まれた。

「な、に……これ……っ……」

体を貫く痺れは、不快なものではなかった。むしろもっと味わいたい、なにもかも忘れて溺《おぼ》れてしまいたい——ルネは下肢に指を絡めた。先端からはぬめる液体が滴《したた》っていて、それをまとわ

りつかせながらルネは憑《つ》かれたように自身を扱《しご》く。

「あ、は……っ……あ、あ……っ……！」

腰の奥から、じりじりと焼ける熱さが生まれた。それを早く吐き出したい——その瞬間には、今まで知らなかったとてつもない快楽があるはずだ。そんな思いにせっつかれて、ルネは何度も手を上下に動かした。くちゃくちゃと淫らな音が立つ。

「……あ、あ……あ、ああっ……！」

びくん、と腰が大きく震えた。全身を貫く強烈な快感がある。視力も聴力もなにもかも失ってしまったような感覚だった。ただ下半身からの欲望だけがルネを支配していて、それはどろりとした液体になって自身から放たれた。

「ふぁ……あ、あ……あ、あ……っ……」

ルネは何度も荒い息をつく。体の熱さが、少し治まったように感じられる。ルネはのろのろと起きあがって、自分の手を見た。白濁した粘つく液体が広がっている。夢精をしたことはあったけれど、自らを追いあげて射精したのは初めてだった。指先までが震えるような快楽だった。

買い出しに行った町で灰色のアルファに押し倒されそうになった。あのときルネは逃げたけれど、逃げなければどうなっていたのだろう。そう思うと、腰の奥がまたどくりと反応した。

（こ、こを……誰かに、触ってもらったら。好きなように、いじってもらえたら）

頭の中を、想像がよぎる。アルファに組み敷かれ、体をもてあそばれる夢想。ルネは再びベッドに身を預け、湧きあがる衝動のままに自身を扱いた。

「んあ……あ、あ……っ……！」

絶頂はすぐにやってきて、ルネは何度目かの射精を手で受け止めた。最初よりも粘度が低く、量も少ない。それでもなお、欲情は終わることがない。

発情期は、一週間は続くという。一週間このような状態なのかと思うとそれも恐怖だったけれど、なによりも動けないルネは、長い間働けないということだ。そんなルネを、家族は家に置いてくれるだろうか。捨てられたルネはどうなるのだろうか。仕事をすることもできない、つまり生計を立てる手段のないルネは捨てられて――餓死でもするしかないのだろうか。

（そ、んな……こと）

腰が震える。自身はなおも力を得たままで、体は新たな快楽を求めていた。そんな自分を浅ましいと嫌悪し、しかし湧き出る欲情を抑えることはできない。

初めての発情期は、六日間続いた。その間ルネは苦しむばかりで、ただ自慰を繰り返した。食べることも眠ることもほとんどできなかった。そしてやっと寝室から出られるようになった七日目、部屋に入ってきたのは母親と、見知らぬ男だった。

その男は、にこにこと笑っていた。

恰幅《かっぷく》のいい体といい、ふくよかな顔といい、愛想のいい人物だといえるだろう。しかし彼を前にして、ルネは心を許していいという気にはならなかった。

「こんにちは、ルネ」

「……こんにちは」

一週間、発情期に苦しめられたあとということもあり、ルネはいささかぶっきらぼうにそう言って、彼を見た。クレマンと名乗った彼は、ルネの頭の先からつま先までを見て、にやりと笑ったように見えた。

「きみなら、充分だ。これほどうつくしいとは……思いもしなかったな」

そう言ってクレマンは、ルネの肩をぽんぽんと叩く。それでもルネはなんのことかわからず、気味の悪い思いでクレマンを見るばかりだった。

「オメガは貴重だからね。君は、顔がとてもいい。うつくしいオメガだ。売れっ子になれるよ」

「う……れっこ」

「もういいでしょう、早く連れていってちょうだい」

厳しい声で母親が言って、ルネはびくりとした。クレマンは愛想のいい表情を隠さず、大きく頷いて言った。

「じゃあ、お母さんの言うことに従おうかね。ルネ、準備をしなさい」

「準備って……なんの」

「町に行く準備だよ」

ルネにはわけがわからない。クレマンを見、母親を見、しかし母親はルネと目を合わせようとはしなかった。

「きみは、町に行くんだよ。町で働くんだ」

「働く……?」

両親が営む食堂で働く自分を想像した。自分ひとりで生きていけるのかと悩んでいたけれど、そうだ、働けばいい。その考えをくれたクレマンに、感謝したい思いが湧きあがってきた。

「働かせてくれるんですか?」

「おや、意欲があっていいことだね」

希望は得たものの、しかしクレマンの言葉には謎が多すぎる。ルネは食堂で働くことを想像したけれど、本当のところはなんなのだろう。ルネはなんの店で働くことになるのだろう。その疑問を彼に向けると、母親がまた「早く連れていって!」と声をあげた。いずれにせよ、ルネはこの家を出ることになるらしい。日ごろから疎《うと》まれていた自分だ、不思議はない。

町に出ていく支度のために、荷物をまとめる。ルネが持っているものは少なかったけれど、祖母の形見の薬草の本は忘れなかった。

階下に降りるとクレマンは、外でルネを待っていた。ルネは母親のほうをちらりと見やる。彼女はルネと目を合わせなかったけれど、ルネはぺこりと頭を下げた。

「さぁ、行こうか。ルネ」

クレマンは上機嫌でそう言うと、ルネの前を歩きはじめた。今まで何度も乗った乗合馬車だけれど、タクラン村から出るそれに乗るのは、もう最後なのだ。それを思うと少しばかり哀愁を感じ、ルネはまわりをきょろきょろと見まわした。

目的とする町は、いつも買い出しに行っていた町よりも遠い、もっともっと遠い場所らしい。到着するまでには、いくつもの町で宿泊することが必要なくらい。その旅の最中で、ルネはいろいろなことを聞いた。

「客のひとりひとりの相手をするんだ」

最初は、おしゃべりの相手でもするのかと思った。それは間違いではないだろうけれど、それだけではない。客とふたりきりになる部屋にはベッドがあると聞いた。大きくてふかふかで、ルネなどは今までに寝たこともないようなベッドだという。

ルネはろくな教育を受けてこなかったけれど、オメガである自分の身のことは知っているし、アルファとの関係もわかっている。つまりこれから自分が行くところは娼館であり、自分は娼婦として働くのだということがわかってきた。クレマンは女衒《ぜげん》だということである。

（そうか……）

それに気がついたとき、ルネはあまり驚かなかった。ため息をひとつついただけだった。一週間発情に悩まされたとき、体を支配した熱さはただの熱ではない、性的な欲望だった。一番ひどい症状が出ていたときなら、町で襲ってきたアルファが再び現れれば「この体を好きにしてほしい」となりふり構わず身を投げ出していただろうと自分でも思う。

そんな自分の情動を思うと、娼館は確かにふさわしい仕事場なのだろう。どうせ抑えられない発情なら、仕事として役に立つほうがいい。そう思うことで、ルネはこれからの自分の人生を受け入れようとした。

「ルネは、いい娼婦になるよ」

　クレマンはそう請け負った。

「顔は本当にうつくしいし、体つきもいい。声も優しくて、なによりも一緒にいて気持ちがいい」

　それらが娼婦としてふさわしい長所なのかどうかはわからなかったけれど、クレマンがそう言うのならそうなのだろう。これからルネは、娼婦になる。そのために役に立つ長所なのだろう。

「わしは、仕事のために世界中を歩きまわっている。知らないことなど、ないぞ」

　その日の宿で料理をつつきながら、クレマンは誇らしげに胸を張った。

「国の王は、アルファだ。より優れたアルファが、王になるんだ」

　ルネは相槌《あいづち》を打つ。黙って聞いているルネに気をよくしたように、クレマンは話し続ける。

「アルファと生まれた以上、王になりたいと思うのが普通だ。王にならなかったアルファは大臣なんかになるんだが、しかしな。どっちの道も取らずに、自分から北の国境兵を志願したアルファがいるんだ」

「国境兵？」

　ルネは、首を傾げた。

「ああ、北の国境を守る兵隊だ。都からは遠く離れるし、仕事はきつい。特に、ここから一番近い北側の国境の向こうには蛮族の国がある。自ら望むような仕事じゃないんだが」

　うんうん、とクレマンは自分の言葉に頷いている。俄然《がぜん》ルネは、その話に興味を持った。

「しかもそのアルファは、ただのアルファじゃない。ドミナンスアルファなんだ」

「なんですか、それ？」

クレマンは、視線をあげてちらりとルネを見る。そして得意げな顔をした。

「アルファの中でも、さらに優れたアルファだ。優性アルファと言われることもある。本当に数が少なくて、だからドミナンスアルファが王にならないことなど、ないのだけれど」

そう言ってクレマンは、ハンカチで額を拭《ふ》いた。北の国境兵を志願した、ドミナンスアルファ。ルネはその人物がどのような容姿なのか、思い描こうとした。

「国境兵なんてやってるような人物じゃないんだ、本当に。案の定、すぐに出世して国境将軍になった」

まるでクレマン自身が、その将軍であるかのように彼はまた胸を張った。

「都では『辺境王』と言われている。本物の王でさえ一目置く、辺境の支配者さ」

ますますルネは、興味を持つ。身を乗り出して、クレマンに尋《たず》ねた。

「どうしてその人、王にならなかったんですか？　どうして、国境兵を志願したんですか？」

「そんなこと、わしが知るか」

突然機嫌を悪くして、クレマンは言った。ルネは唇を尖らせた。

「知らないことはないって言ったのに」

ルネの呟きを、クレマンは聞いていなかったらしい。料理の残りをかき込みはじめたクレマンを見ながら、ルネも同様にスプーンを動かした。

その日の夜、クレマンから与えられたのは三つの白い錠剤だった。促されるままに薬を飲む。飲み下してしばらくしても、特に自覚症状はなかった。

クレマンは、それが発情抑制剤であることを教えてくれた。その薬を飲んでいれば、オメガでも発情することはない。そう聞かされて、ルネは大きく目を見開いた。

(そんな薬が、あるんだ)

なにしろ高価だし、都会でしか手に入らない。瞠目《どうもく》して驚くルネの心中など知らないクレマンは「おやすみ」と言って部屋を出る。ルネはベッドに横になったけれど、頭の中は今飲んだ抑制剤のことでいっぱいだ。

(抑制剤で発情期がなくなれば、オメガだって引け目なく働けるんじゃないか?)

そのようなものがあるなんて、思いもしなかった。眠くなるはずなのにルネの目はますます冴え、ベッドの中で何度も寝返りを打った。

(……抑制剤を、手に入れて)

気づけばルネは、そのようなことを考えていた。

(クレマンさんのもとから、逃げられないかな?)

ルネは、自分の考えに驚いた。逃げたいなどと、今まで考えてはいなかった。自分はクレマンに連れられて娼館へ行き、娼婦として働くことになるのだと信じて疑わなかった。

(娼館なんかから逃げて……俺は)

ここに来て初めて、ルネは自分が娼館になど行きたくないと思っていることに気がついた。それでも自分はオメガだから、あの発情期があるから、それ以外の道はないのだと思っていた。しかし発情期から逃げられる手があるのなら。

（俺は、『辺境王』に会いたい）

また、そのように考えている自分も不思議だった。辺境王のことは、ちらりと聞いただけの話だったのに。いつの間にか彼のことをルネは勝手に思い描いている。どのような人物なのか、疼《うず》くような興味を持っている。

（ドミナンスアルファであることを、王になれる可能性を捨てて、国境兵に志願した人……生まれつきの性別で決まる人生を、自分でひっくり返した人）

ルネが彼に興味を持ったのは、それが理由なのかもしれない。ドミナンスアルファだという彼は、運命に逆らわずにいれば王になったのだろう。しかし彼は国境兵に――辺境王になった。ルネはこれから娼婦になるはずだったけれど、逆らえばそれ以外の道があるのかもしれない。そしてその道は、その辺境王の近くにあるのかもしれない――。

（自分でも、思いもしなかった道だけど）

まだ見ぬ彼に、憧《あこが》れた。寝床の中で辺境王たる彼について考えれば考えるほど、ルネの憧れは強くなっていった。一度会いたい、できれば彼のそばで仕事をしたい。ルネの思いは、そんな大それた願いに変わっていった。

（俺が、考えたこともなかった将来――それを、自分の力で手に入れた人）

そこまで考えると、ルネはもういてもたってもいられなかった。ベッドから起きあがり、そっと部屋を出る。クレマンの部屋は隣だ。ルネは足音を殺して忍び込んだ。

部屋には、薄く灯りがついていた。真っ暗な中では眠れない性質《たち》なのかもしれない。ルネはできるだけ音を立てずに、クレマンがいつも大切に持っている、茶色いバッグに手を伸ばした。

（……っ）

息を殺して中を探る。中の紙袋には、寝る前にルネが飲んだ抑制剤がたくさん入っていた。一緒に皮の財布もあって、重さからすると結構な額が入っているようだった。

（クレマンさん、ごめんなさい）

女衒とはいえ、ここまで世話になった男である。恩を仇《あだ》で返すような真似は気が引けたけれど、ルネは今まで想像したこともない、未来のために動くのだ。心の中で何度も何度も謝りながら、ルネは抑制剤と財布を手に部屋を出た。

自分の乏《とぼ》しい荷物――祖母からの薬草の本も持っている――それらをバッグに詰め込んで、ルネは真夜中の宿を出た。入り口のドアを閉めるとき少し軋《きし》んだ音がしたけれど、それ以外ルネは物音ひとつ立てることなく、なんの痕跡も残さなかった。

ルネは、真夜中の町に出ていく。宿が遠のくと、真夜中なのに町を行き交う人たちが意外とたくさんいて驚いた。ルネは大きな建物の監視をしている衛兵に近づいて、声をかけた。

「すみません、北の国境に行くには、どうしたらいいんですか？」

「北の国境？」

衛兵は驚いたようにルネを見た。どこからどう見てもオメガで、細く小さいルネがそのようなところになにを求めて行くのかと疑問に思ったのかもしれない。北の国境とは、それほどに厳しい場所なのだろうか。

それでも衛兵は、思わぬ親切心で教えてくれた。北の国境までの道を頭の中に叩き込み、礼を言って乗合馬車の乗り場に向かう。今はまだ真夜中だから馬車は動いていないけれど、先ほどの衛兵の話によると、朝一番に乗ることができたら、三日あれば北の国境に着けるということだ。

辺境に向かう。そのことはルネにとって思わぬ喜びとなっていた。行ってどうなるものか――それはまったくわからなかったけれど、しかしそれは、どこかの町で娼婦になるよりもずっと明るい未来に感じられた。

地面に座り込んで、ルネは最初の乗合馬車を待った。がらがらと音を立ててやってきたそれに乗り込んだとき、ルネの心は今までの人生で、一回も感じたことのなかった――希望、に満ち溢《あふ》れていたのだった。

第二章

乗合馬車を降りて、そこからは歩く。

道がわからなくて、行き会う人に何回か訊《き》いた。周囲の景色はだんだん林から森へと変化していき、人とすれ違うこともなくなる。こんな深い森の中を歩いて、きちんと目的地に、北の国境に着けるのか——ルネの心が不安に揺れ出したとき、木々の向こうに人影が見えた。

(人が……こんなところに?)

ルネは目を凝《こ》らした。人影は地面に膝をついているようだ。その目の前には、大きな灰色の狼が身を横たえている。地面に血が広がっているのが見て取れた。

じっと見ていると、不思議なことが起こった。人影の輪郭《りんかく》が曖昧《あいまい》になったのだ。ひざまずいた人影が、四本脚の大きな動物のうずくまった姿に見える。自分の目がおかしいのかと思ってごしごしと擦り、改めて見るとやはり人の姿と動物の姿がぶれているように重なって見えた。

(いったい、なにが……?)

恐る恐る、ルネは影に近づいた。近づいても不思議な現象は変わらない。ルネが至近距離まで近づいたときに、その影は人の形を取った。しかしその首から上は金色の被毛の豹に似た獣だった。

(アルファだ!)

ルネが心の奥で叫んだのと、彼の目がルネを見上げたのは同時だった。ふたりの視線がかち合う。鮮《あざ》やかな晴天の色、吸い込まれそうな湖の色。彼の青い目に、ルネは見とれた。

（きれい……）

その瞳から、視線が外せない。彼は苦しそうな顔をした。そしてルネがひとつまばたきをした瞬間、その姿はまた獣へと変わったのだ。

「わ、っ！」

ルネは思わず驚いて体を反らせた。これがまやかしなどではない証《あかし》に、獣に変わってもその目だけは変わらない。じっとルネを見つめている。まるでルネがどういう人物なのか、見定めようとでもいうようだ。

その姿が、また人のものへと変わる。逞《たくま》しい脚が血濡れていて、ひどい怪我をしているということにルネは気がついた。

「怪我……！」

ルネは飛びあがった。彼の不思議に気を取られている場合ではない。ルネは慌ててまわりを見まわす。あたりに群生している植物の中から、見たことのあるものを捜そうとした。

（アチェ草じゃ、きっと効かない……アマニ草くらい、強いのがあれば）

微《かす》かに彼が、呻《うめ》くのが聞こえる。ルネは懸命に目を凝らした。このように陽の届きにくい森の中なら、必ずあるはずなのだけれど。

（プリアの実！　たぶん、これだけあれば！）

ルネは背の低い、プリアという樹木を見つけた。少しだけ実をつけている。ルネは駆け寄って実をもぎ取ると、青い目のアルファのもとへと戻った。プリアの実を絞りながら言う。

「あの、怪我！　怪我にこれ塗ったら、痛くなくなります！」

慌てるあまり、ルネはしどろもどろになった。青い瞳の彼は改めてルネをじっと見た。試すような視線だ。そして傷ついた脚を、ルネの前に投げ出した。

「塗っていいですか？」

「頼む」

少し掠《かす》れた、低い声だ。その声音にもどきりとさせられるが、今は彼の手当てだ。ルネは果実の漿液《しょうえき》を血濡れたところに塗りつける。彼はまた低く呻いた。

「痛いですか？　沁みますよね？」

「……平気だ」

漿液を充分に含んだ大きな実は、三つしかなかった。それらを順に手で絞って傷に塗る。血より漿液が滴るほどに塗ると彼は徐々にしかめていた表情を柔らかくしていった。

「痛みが……引いていくな」

「本当ですか？　よかった、効いてるんだ」

そしてルネは、彼の姿がもうぶれていないことに気づいた。獣頭に人の体を持つ、立派なアルファだ。その印象は、以前町で押し倒されそうになった灰色のアルファとはまったく違う。澄んだ瞳、逞しい体躯《たいく》。艶々とした金色の被毛。耳にするだけで心地いい低い声。

「え、……と」

彼は全裸だった。なにもまとっていないから、逞しい体のすべてが見える。彼の筋肉はうつくしくなめらかで、ルネは思わず見とれてしまった。

「おまえは……何者だ？　薬師《くすし》か？」

「いいえ……祖母に教えてもらって。だから少し知ってるだけです。あ、俺はルネっていいます」

ルネが慌てると、青の瞳の彼はゆっくりと頷く。そして微かに笑んだ。

「私は、シルヴァンという。国境警備の役に就《つ》いている」

「国境警備！」

思わずルネは、声をあげた。シルヴァンはその青い瞳を見開いて、ルネを見やる。

「お、俺、北の国境に行きたいんです！」

「ほぉ……」

「北の国境には、『辺境王』って呼ばれてるすごい人がいるって聞いて……俺はその人のもとで、働きたいんです！」

シルヴァンは目を細めた。そのように彼の表情が変化するのはなぜなのか、ルネは首を傾げる。

「ご存知ですか、辺境王のこと……？」

「まぁ、な」

そう言ったシルヴァンは立ちあがる。その足取りに、不安なところはない。ルネも急いで立ちあがった。すると彼が見あげるほどに背が高いということがわかった。

「ご存知なんですか!?　だったら……俺を、その人のところまで連れていってくれませんか!?」

厚かましい頼みだとは思ったが、ルネは、それが一番の早道だと思ったのだ。シルヴァンは、眉根を寄せた。

「連れていくのは構わない。だが……入隊できるかどうかは、別問題だぞ？」

「うっ……」

ルネは呻いた。シルヴァンの言うとおりである。シルヴァンは続けて言った。

「おまえ、なにができる？　剣は使えるのか。武術は？　銃を撃てるか？　馬を速く走らせられるか？」

「……どれもできません」

上目遣いにシルヴァンを見て、ルネは小さな声で言った。自分がいかに役立たずかを改めて思い知り、こんな自分が国境で働くことを望むなんて、身のほど知らずだと落ち込んだ。

「では、なにができる？　なにかひとつくらい、得意なことがあるだろう？」

シルヴァンの質問に、ルネは恐る恐る小さく言った。

「家事全般……なら。どうにか」

「ほぉ」

笑われると思ったけれど、彼は感心したような声をあげた。どういう意味だろう。ルネが顔をあげると、同時に聞こえてきた声があった。

「シルヴァンさま、ここにおられましたか！」

駆けてきたのは、革鎧《かわよろい》をまとったベータの男性だ。彼はシルヴァンの前にひざまずく。

「合流が遅くなり、まことに申し訳ございません。お体のほうは……お怪我されたのですか!?」

シルヴァンは首を振り、ルネを見た。彼の視線に、ルネはどきりとする。

「大丈夫だ。狼たちは片づけた。生き残りの群れは山のほうに逃げていったから、しばらく心配はいらないだろう」

ベータが、背負った雑嚢《ざつのう》から衣類を取り出す。それを受け取ったシルヴァンは手慣れた様子で衣服をまとい、彼のうつくしい肢体は隠れてしまう。ルネはそれを、残念に思った。

「ようございました……辺境王たるシルヴァンさまを襲うなど、狼たちも身のほどを知らない」

「その言いかたはやめろ」

どこか不機嫌そうに、シルヴァンは言った。しかしルネは聞き逃さなかった。

「辺境王……？」

「そうだ、このかたは辺境王……国境将軍の、シルヴァンさまだ」

ベータの男は、誇らしげにそう言った。シルヴァンはルネを見つめて、少し笑う。

「早々に、ばれてしまったな」

そしてシルヴァンは、ルネに手当てされたことを告げた。男は驚いた顔をしている。

「この……オメガにですか？」

ベータは訝《いぶか》しげにルネを見た。頭の先からつま先までじろじろと見つめられて、ルネは身を固くする。

「この者が、シルヴァンさまを救ったのですか？」

「薬草の知識がある。あと、家事全般が得意だそうだ」

ベータは「それがどうした」という顔をした。ルネは恥ずかしくなって俯《うつむ》いてしまう。そんな中、シルヴァンの姿を見つけて駆け寄ってくる者たちがいた。全部で五人の、革鎧をまとった者たちの中には驚いたことにひとりオメガがいた。ルネは驚いて、黒髪の彼を凝視してしまった。

（オメガでも、国境軍に入れるんだ……！）

「ルネという。ルネは、国境軍に入りたいそうだ」

五人の兵士たちはさまざまな反応を見せた。驚く者、首を傾げる者、笑う者、そしてルネを検分するように見る者。その中で、ルネはますます身を縮める。

「まさか、そんな……身もともはっきりしない者を、軍にお入れになるつもりですか」

「エディが辞めたところだ。国境軍に入隊を認める。まずは小姓として、使おうと思う」

シルヴァンが言ったことに、その場の者が皆驚いた顔をした。ルネも同様である。思わずシルヴァンを見あげると、彼はその青い目になにかを面白がるような色を浮かべた。

「ですが……シルヴァンさま！」

ベータの男は、不服そうな顔をして声をあげた。シルヴァンは青い目をすがめ、じろりと彼を見やった。

「私が決めたのだ。なにか、異論でもあるのか？」

「……いえ」

その迫力に、声をあげていたベータは黙ってしまった。シルヴァンは微かに笑みを浮かべて、ルネの前に立った。もう脚に問題はなさそうでよかった、と思うルネの顎に指をかけ、シルヴァンはじっとルネの目を覗《のぞ》き込んでくる。

（う……）

その青い瞳に、赤い髪のオメガ《自分》が映っている。彼《ルネ》の緑の目は揺れていて、どこか不安げだ。

（こんなに近いと……抑制剤飲んでても、発情しちゃいそう……）

どく、どくと胸が鳴る。どうしても会いたかった『辺境王』に会え、入りたかった国境軍に入れることになった。ルネはもっと喜んでいいはずだったけれど、それよりも緊張が勝《まさ》った。そんなルネの心中に気づいているのかいないのか、しばらくシルヴァンはルネを見つめ、そしてもう一度微笑んで手を離した。

「はっ……」

「よろしくな、ルネ」

「……はいっ、よろしくお願いいたします！」

ルネは大きな声でそう言った。まわりの者たちはなおも訝しそうにルネを見ていて、その視線はルネを気後れさせた。


シルヴァンの一団に連れていかれた先には、見あげるほどに大きな門があった。国境を守る砦《とりで》としてすべての国境兵たちの拠点となるという、高く築かれた石の要塞を守るにふさわしい大きさだとルネは思った。城のすぐ裏には国境となる高い壁が続いている。

太い木で築かれた門を見あげながらくぐり、ルネは中に入った。まわりで立ち働いている者たちが、シルヴァンを見ると姿勢を正して敬礼する。彼の部下たちはそれに慣れているようで特に驚いた様子は見せないが、皆の反応にルネは目を丸くするばかりだ。

（シルヴァンさまって、すごい人なんだ……やっぱり、ドミナンスアルファだから……？）

石の敷かれた道を歩いて辿り着いた城内に入る。シルヴァンは階段を登って廊下を歩き、奥の部屋へとルネを連れていった。そこは広い部屋だった。シルヴァンと、城に入ったシルヴァンを追ってきた比較的小柄なベータとともにその部屋に入り、ルネは息をついた。

「すごいですね……」

「エルワン、そこの書簡を」

「はい」

ルネの洩らした言葉に応《こた》えることなく、名を呼ばれたベータはてきぱきとシルヴァンの指示に従った。ルネはその様子を、目を丸くして見つめていた。

「これからは、おまえが小姓になるんだろう？」

エルワンは、ルネのところまで戻ってくると早口で言った。

「今からこういうのは、おまえが全部やるんだ。ほら、ここに」

「はいっ！」

なおもエルワンが早口で言う仕事の手順を、ルネは必死に覚えようとした。エルワンはひととおりの手順をルネに告げると、忙しそうに出ていってしまった。ルネは渡された書簡を手に唖然《あぜん》として、エルワンの出ていった扉を見つめてしまう。

「大丈夫か、ルネ」

シルヴァンは、くすくすと笑いながらルネを見ている。ルネは勢いよく頷いた。

「大丈夫です……覚えました！」

「本当か？」

シルヴァンは、その大きな手でルネの肩を抱いた。彼に触れられて、どきりとする。青い瞳がルネを覗き込んできて、さらに胸が大きく高鳴った。

「無理はするな。おまえにはいろいろと助けてもらわなければならない……長く続けられるように、務めてくれ」

「はいっ！」

ルネの元気な返事に、シルヴァンは目を細めて微笑む。その笑顔に、ルネは少しぽっとしてしまった。

改めて見ると、シルヴァンの容姿はとても整っていた。ルネはアルファをほとんど見たことがないけれど、シルヴァンは毛艶もよく、目や鼻が好ましい位置にあると感じられた。

「どうした？」

言ってシルヴァンは、ルネに一歩近づいた。彼の体臭が感じられる。爽《さわ》やかな森の香りに似た匂いだった。ルネは、くんと鼻を鳴らす。

「いい匂いがします」

「おまえもな。甘い匂いだ」

「甘い……?」

ルネは、はっとした。オメガの放つフェロモンのことを思ったのだ。そのようなもので、シルヴァンに迷惑をかけてはいけない。彼から離れようとするとシルヴァンは笑う。

「気にするな、フェロモンではない。単なる、おまえの体臭だ」

「だったらいいんですけど……」

シルヴァンの腕の中で、ルネはもぞもぞと身じろいだ。彼に近づかれているというのは、どうにも落ち着かない。その整った顔が近くにあるせいか、その香りが心を揺さぶるせいか。

「あの……近いです」

「ん?」

「シルヴァンさまの距離、近いです」

「そうか?」

彼は不思議そうにそう言って、じっとルネを見た。ルネは恥じらって、俯いてしまう。

シルヴァンは首を傾げ、ルネから離れた。そうされるとにわかにさみしくなって、ルネは視線でシルヴァンを追いかけた。

「おまえは、不思議なやつだな」

ルネの顔を覗き込むようにして、シルヴァンは言った。ルネがびくりと彼から逃げると、シルヴァンはなおも首を傾げた。

「おまえといると、なにやら楽しい気分になってくる」

「そ、うですか？」

そうだ、とシルヴァンは頷いた。

「私とおまえは、相性がいいのかもしれない」

シルヴァンは、ルネの頭に手を伸ばしてきた。短い髪を、くしゃくしゃとかきまわされる。

「うわっ、やめてください！」

ははは、とシルヴァンは笑う。ルネは顔をあげて、その笑い顔に目を奪われた。

□

ルネが目覚めた時間、まだ陽は昇りきっていなかった。国境の城に来て、一週間目の朝だ。微かな朝陽を頼りにルネは着替える。ルネはひとりで、この部屋を使っていた。二段ベッドだから本来はふたり用なのだろうけれど、ルネは突然入ってきた人員だ。部屋がここしか空いていなかったのだろう。

後ろ手に扉を閉めて、部屋を出る。廊下を駆けてシルヴァンの執務室に入ると、箒《ほうき》と雑巾《ぞうきん》を片手に掃除をした。特に執務机とその背後の窓ガラスは、丁寧に拭く。

クロゼットに向かうと、シルヴァンの革鎧を出して、ブラシをかける。これはシルヴァンが執務中に着るもので、奥には鎖帷子《くさりかたびら》の鎧もあるが、それは戦闘に向かうときにつけるものだという。

（怖いな、戦闘なんて）

革鎧の手入れをしながら、ルネはぶるりと身を震わせた。ルネは今まで国境からは遠い小さな村に住んでいて、国境のことなど考えたこともなかった。しかし国境の向こうには蛮族が住んでいるというし、いつ戦いが起こっても不思議ではないと聞いていた。

（蛮族なんて、見たことないけど）

そう思いながら手入れを終え、昨日遅くにやってきた書類を執務机の上に広げて、インク壺のインクを補充したり、羽ペンの先を削ったりしていると、扉が開いた。

「早いな、ルネ」

「おはようございます！」

ルネは勢いよく頭を下げる。シルヴァンが小さく笑った。彼は緑のローブをまとっていて、それをばさりと椅子の背にかける。ルネは飛んでいって、ローブを皺にならないようにかけ直した。

「昨日からのぶんは、これだけか」

「はい、そちらがまだ決裁をいただいていないぶんです」

ルネが広げておいた書類に、シルヴァンは目を通す。ふっと小さくため息をついて、一枚一枚を読みはじめた。彼の集中の邪魔をしてはいけないと、ルネは部屋の隅で小さくなっていた。

「ルネ、朝餉《あさげ》は摂ったのか」

「いいえ、まだ」

「では、食堂へ行こう」

書類をすべて読み終わったらしいシルヴァンは、立ちあがる。ルネは慌てて後ろを着いていく。

食堂は、シルヴァンの執務室から回廊を渡って一階に降りたところにある。たくさんの兵士で賑《にぎ》わっていて、シルヴァンが姿を現すと、皆は一斉に敬礼をした。

「おはようございます！」

「シルヴァンさま、おはようございます！」

食堂にいる全員が姿勢を正し敬礼をするさまは、いい緊張感に満ちていた。シルヴァンが微笑み、片手を振ると彼らはまた賑やかな一団に戻る。

シルヴァンがいつもの決められた席に着くと、給養員の兵士がトレイを運んでくる。トレイはルネの前にも置かれた。香り高いシチューと固いパンだ。シルヴァンが食べはじめるのを見てルネも食事をはじめる。メニューはいつも代わり映《ば》えしないけれど、味は上等だ。

シルヴァンは隣に座っているオメガと話している。森で会ったとき、オメガでも国境軍に入ることができるのだとルネを勇気づけてくれた彼だ。

入隊にあたって、ルネはシルヴァンの部下たちを紹介された。ベータがもっとも多かったけれど、アルファもいる、そしてオメガもいる。驚いたことにシルヴァンの副官はこのオメガ――クロードだ。ルネも彼のようにシルヴァンに信頼されたいと願っている。ルネの場合その前に、クロードのように筋肉に覆われた立派な体にならなければならないが。

「ルネ」

「は、はいっ！」

クロードに見とれていると、シルヴァンが声をかけてくる。ルネは慌てて返事をした。

「今日は、離れたところの監視台に連れて行ってやろう。おまえは、この国から出たことはないのだろう？」

「はい、ありません」

世間知らずの自分を情けなく思いながら、ルネは答えた。そんなルネに、シルヴァンは微笑む。

「遠眼鏡《とおめがね》も使わせてやる。今まで見たことのない景色が見られるぞ」

「楽しみです！」

シルヴァンの言葉に、ルネは嬉しくて思わず子供のようにはしゃいだ声を出してしまった。クロードが笑っている。そこに悪意がないのはわかっているけれど、ルネは恥ずかしくなって身を小さくしてしまう。しかしシルヴァンが食事を終えたのを見て、急いで立ちあがった。

自分のものはもちろん、シルヴァンのトレイも片づける。朝のうちに磨《みが》いておいた、革鎧の出番だ。シルヴァンはクロードになにごとかを告げて、食堂を去る。クロードが声を張りあげて兵士たちにシルヴァンからの指示を伝えているのを聞きながら、ルネはシルヴァンを追いかけた。

「おまえが手入れをするようになってから、なんだか輝きが違うな」

「そうですか？」

シルヴァンに革鎧を着せつけながら、ルネは首を傾げる。

「ああ、おまえは小姓に向いている」

そう言われて、喜べばいいのかどうかルネは迷った。ルネは自分に与えられた鎧を身につけながら、シルヴァンに言う。

「俺は、クロードさまみたいになりたいです」

シルヴァンは少し不思議そうに「クロード?」と言った。

「はい、クロードさまみたいに、立派な兵士になって……シルヴァンさまのお役に立ちたいです!」

そう言うと、シルヴァンは笑った。彼が笑うと、見ているこちらまでが楽しくなる。

「誰かのようになりたいなどと、思う必要はない」

肩からかけたローブの具合を直しながら、シルヴァンは言った。

「おまえは、おまえであればいい。向上心は素晴らしいが、狭い視野で道を誤《あやま》るな」

「はい……」

返事をしながら、ルネは何度もまばたきをした。シルヴァンはなにを伝えようとしているのか、その真意を問いたかったのだけれど、ノックの音が聞こえてルネは慌てて扉に向かった。

「シルヴァンさま、監視団揃いました」

「そうか、ご苦労」

そう言ってシルヴァンは、ルネを見る。

「行くぞ、ルネ」

「はいっ! お供《とも》させていただきます!」

ルネは勢いよく返事をして、まとった革鎧の胸もとを叩く。それを頼もしげに見て、シルヴァンは歩き出す。ルネはそれを追った。

城の中庭には、一個分隊の兵士たちが集まっていた。シルヴァンが彼らの前に立つと、彼らは揃って最敬礼をする。アルファにベータ、オメガもいる一団だ。この三つの性別がなんの区別もなく混在しているというのが、ルネには信じられなかった。オメガである自分も混ざっていることも合わせて、このような集団はほかにはないだろうと思う。

「今日は、監視台からの報告の内容を実際に確認しに行く。その近辺では少し、きなくさい動きがあるらしいが……その様子見といったところだな」

兵士たちが声を揃えて返事をする。ルネはシルヴァンの一歩後ろに控えていて、彼らの真剣な表情を緊張して見守っていた。

軍隊は、クロードを先頭に進みはじめた。鍛《きた》えられた隊の者たちの足は速く、ルネは少し早足でないとついていけない。

国境は塗り固められた高い塀であったり、鉄条網であったりする部分もある。やがて着いた今回視察する監視台は高い塀の上、見あげるほどの場所にあった。そこには歩哨《ほしょう》が立っていて、シルヴァンたちを見ると梯子《はしご》を下りてきた。

「ご苦労だな。報告は」

歩哨たちは敬礼し、異常がないことをシルヴァンに告げる。彼は頷き、ルネをちらりと見た。反射的に背筋に力がこもる。

「ルネ、登ってみるか？」

「いいんですか!?」

ルネは思わず声をあげてしまった。シルヴァンは微笑んで「登れ」と言わんばかりに顎先で梯子段を示した。

「失礼します！」

地面を蹴って、ルネは梯子段をあがった。それは歩哨たちがあれほど素早く降りてきたのが不思議なくらいに長かった。頂上まで登ると少しばかり息切れがして、ルネは革鎧の胸を押さえた。

「この程度で息をあげていては、世話がないな」

「シルヴァンさま！」

後ろから登ってきたシルヴァンは、息を切らすどころか平静な顔をしてルネを見ている。

「手伝ってやろう、ほら！」

「わ、あっ！」

シルヴァンは後ろからルネの手首を握って、一気に監視台に引きあげた。その瞬間ルネの目の前には、雄大な景色が一気に広がる。

「……わぁ」

「よく見えるだろう？」

そのことを誇るように、シルヴァンは言った。

「ここからは、ボーアルネがよく見える。ほら、あっちがボーアルネの王都だ」

「ボーアルネ？」

ルネが問うと、隣に立ったシルヴァンが驚いた顔をした。

「知らないのか。隣国だ。ここは、ボーアルネ王国と我がバシュロ王国の境界線だ」

「境界線……」

北の国境に来て一週間が経っていたけれど、ルネはなにも知らなかった。ルネの世界は生まれ育ったタクラン村と買い出しに出かける町だけで、その町にも名前があるのだろうけれど、ルネは名を知らなかった。

「ここからは見えないが、あちらにはベルレアンとの国境がある。そちらにもまたこのような境界線があって、国境兵が控えている」

「そうなんですか……」

ルネは、ため息をついた。遠くにたくさんの建物がある。遠くの建物は指先ほどに小さくて、あれほどの遠くにも人が住んでいるということが信じられないくらいだ。

「その、ボーアルネとかベルレアンには、蛮族が住んでいるんですか？」

「蛮族だと？」

シルヴァンが、顔を歪《ゆが》めた。その表情にルネはどきりとする。

「誰から聞いた、蛮族などと」

「クレマンさんです。俺を町に連れていってくれていた人です」

ルネの言葉に、シルヴァンは難しい顔をした。

「蛮族というのは、自分とは違う民族の者を蔑《さげす》んで言う言葉だ。ボーアルネの住人も、ベルレアンの民も、蛮族などではない。高度な文化を持ち栄えている、優れた民族だ」

「はい……」

ルネには『蛮族』という言葉に実感はなかったのだ。ただ、そう聞いたというだけで。ルネはシルヴァンの説明に納得して、頷いた。

「ほら、遠眼鏡だ」

シルヴァンが、細長いものを差し出してきた。ルネは恐る恐る、それを受け取った。

「わ、重い」

遠眼鏡は片方が細く、片方が太い。目に当てろと言われて太いほうを当てると、シルヴァンが優しい調子で笑った。

「細いほうを目に当てるんだ。ほら、こっちだ」

シルヴァンは手を添えて、手伝ってくれた。おっかなびっくりで覗き込むと、人の顔がまるですぐそこにいるように見えて、驚いた。

「近くに見えるだろう？　おまえが今見ているところは、ずっとずっと向こう……二百ベルムは離れているだろう」

二百ベルムという距離がどのくらいなのか、ルネにはわからなかった。ただそれが、とても遠くだ、ということは感じ取れる。

「俺、世界がこんなに広いって、知らなかったです」

ルネがそう言うと、シルヴァンは笑った。その気持ちのいい笑い声に、ルネも笑顔になった。

「この程度で広いなどと言ってもらっては困るな。世界は、今おまえの目に映っているよりも、遠眼鏡で見るよりも、もっともっと、もっと広い」

「もっと……？」

なおも遠くを見やりながら、ルネは呟く。

「もっと広いなら、オメガもたくさんいますか？　アルファも、ベータも」

「たくさんいるとも」

ルネの質問が微笑ましいというように、目を細めてシルヴァンは言った。

「おまえには、いろいろなことを教えてやらねばならぬな。その程度の知識で、よく今まで生きてこられたものだ」

そう言われたルネは、恥ずかしくて思わず肩をすくめた。シルヴァンは手を伸ばしてきて、ルネの肩をぽんぽんと叩く。

「そのような顔をしなくていい。私がいろいろと、教えてやろう」

「シルヴァンさまが、教えてくださるんですか!?」

ルネはシルヴァンを振り返り、両手を打った。

「嬉しいです、俺、全部覚えられるように頑張ります！」

「その意気だ」

シルヴァンは、ルネを手招きし、監視台から降りる。シルヴァンが上にいた間、兵士たちは塀の内側を調査していたらしく、次々と報告がやってきた。シルヴァンはそれらに耳を傾け、ひとりひとりに受け答えしている。

シルヴァンが兵士たちと話している内容は、ルネにはわからないことばかりだった。それでもシルヴァンはさまざまなことを教えてくれると言ったのだ。今はまだなにも知らないルネだけれど、そのうちシルヴァンの役に立てるようになるだろう。その日を思って、ルネはわくわくした。

再びの行軍の前に、ルネはもう一度監視台のほうを見やった。あの上から見えた、広い広い世界。ただ知るだけではなく、あの向こう、もっともっと遠い場所に行く日が来るかもしれない。

それを思うと、胸が高鳴る。名を呼ばれて、ルネは慌ててシルヴァンのもとに駆けていった。

□

監視台の視察に同行させてもらってから、三日。窓の外は、もう暗い。ルネはシルヴァンの執務室で、書簡の封蠟《ふうろう》を解いていた。

「こちらが最後です」

シルヴァンは書簡を受け取ると広げ、中を読む。彼の青い瞳が字を追っているのを見つめながら、ルネは直立不動で立っていた。

「ルネ」

その目がルネに向けられる。ルネは勢いよく返事をし、さらにぴしりと姿勢を正した。

「茶の支度をしてこい。カップは、ふたつだ」

「はいっ」

ルネは食堂に急ぎ、湯を沸《わ》かす。ここに来たばかりのときは、給養員に訊かなければポットもカップもどこにあるのかわからなかったけれど、今はひとりで準備できる。茶葉の指定をされなかったので、ルネはカモミールを選んだ。シルヴァンに届いていた書簡は最後に渡したものだけだったし、あとは眠るだけだと思ったからだ。

ルネは食堂の棚の隅に、自分で乾燥させたさまざまな茶葉を用意している。薬草やそれに関することならば、ルネは少なくともここにいる誰にも負けないという自負がある。

「お待たせいたしました」

茶の支度を手にして、ルネは執務室に戻る。部屋の真ん中に置かれているテーブルの前にはシルヴァンの座っているものと、もうひとつ椅子が置いてあった。

「ご苦労。ここに座れ」

「えっ」

テーブルの上に茶器を置いて、ルネは驚いてシルヴァンを見た。彼は指先で、テーブルをとんとんと叩いている。

「お、俺ですか」

「そうだ。早く座れ」

ルネは急いで、空いている椅子に腰を下ろした。シルヴァンのティーカップに茶を注ぎ、もうひとつのカップにも注ぐべきかと悩んでいると、シルヴァンに促された。

「あの、どなたかいらっしゃるんじゃないんですか」

「たまには……いや、初めてだな。おまえと茶を飲むのもいいだろう」

「俺とですか！」

驚いてルネは、引っくり返った声をあげてしまった。シルヴァンは、くすくすと笑っている。

「初めて会ったときは、物静かな落ち着いた者だと思ったが……なかなかに賑やかな者だったのだな、おまえは」

「すみません……」

ルネは、慌てて座り、椅子の上で小さくなった。シルヴァンはまた笑う。

「萎縮しなくていい。そういう者のほうが、私は好きだ」

(好き)

その言葉に、ルネは目を見開いた。シルヴァンは、微かに首を傾げる。

「どうした、おかしな顔をして」

「いえ……、だって、そんなこと」

おかしな顔とは、どういう顔だろうか。ルネは思わず頬に触れ、シルヴァンが目を細める。

「そんなこと、言われたことなかったです」

「そんなこと？」

「……好き、とか」

ルネの頬は、かっと熱くなった。そんなルネを、シルヴァンは驚いたように見ている。

「この程度で、そんなに赤くならなくてもいいだろう。今までだって家族や友達から好意を示されることはあっただろうに」

そう言って、シルヴァンはルネの顔を覗き込んだ。

「そういえば、ゆっくり聞く機会もなかったが、おまえのこれまでの暮らしはどんなふうだったんだ？」

「あ、の……」

シルヴァンは優しい口調で、ルネの話を引き出した。

促されるままに、ルネはしゃべった。とはいっても今までのルネの人生に、時間をかけて語るようなことはなにもなかったけれど。毎日の単調な仕事のこと、できるだけ人目につかないように家の中ばかりにいたこと。

「店の買い出しに行くときだけ、外に出ました。でも行く店は決まってたし、買うものも毎回一緒だったから。それにフードをかぶってましたから、すれ違うくらいなら誰もオメガだってわからなかったみたいで」

ルネは肩を震わせた。フードが取れて、ルネがオメガだと知ったときの人々の反応、そのときの恐怖を思い出したのだ。

「しかし……今はもう亡くなられたとはいえ、同じオメガのお祖母さまがおられたのだろう？」

「はい」

祖母のことを思い出すと、喜びと悲しみが交差する。思わず目を擦ったルネを、シルヴァンはじっと見つめていた。

「おまえの薬草の知識は、お祖母さまに教えられたもの……ということは私たちの出会いも、お祖母さまのおかげだな」

「そういうことになります」

ルネは、そっとシルヴァンの横顔を見た。ティーカップを傾けるシルヴァンは薄く微笑んでいて、彼の笑みの理由がわからないルネはますます小さくなった。

「そのことは、僥倖《ぎょうこう》と言わねばならん」

シルヴァンの言葉にルネは、はっと彼を見た。目が合うと彼は、今までに見た中で一番の笑顔で言う。

「僥倖だよ。おまえのような小姓を持つことができて、私は幸せだ」

「え……」

ルネは思わず、まじまじとシルヴァンを見た。彼はどこかいたずらめいた表情で、なおもルネを見ている。

「俺……突然押しかけた、厄介者じゃないんですか?」

「とんでもない。助かっていると言っているだろう」

シルヴァンは少し、不機嫌になったようだった。ルネは焦《あせ》る。

「あの、俺みたいなので……役に立つって思っていただければ、すごく……嬉しいです」

「役に立つと、思っているぞ？」

そう言ってシルヴァンは、空《から》のティーカップを揺らしてみせる。ルネは慌ててそれを受け取り、再び温かいカモミールティーを注いだ。

「アルファだのオメガだの……世の者たちは、なにかとかまびすしい。しかしおまえもここにいれば、そのようなことは気にせずに生活していけるだろう」

ルネは頷いた。国境軍に入ってまだ十日ほどだけれど、フードもかぶっていないのに後ろ指を差されたことはない。それどころか、クロードのような者もいるのだ。ここが己の性別を気にせずに生きていける場所だというのは、確かなことだ。

「ありがとうございます……」

ルネは自然に、そう口にしていた。シルヴァンは笑みとともに「なにがだ」と言ったけれど、ルネの謝意がなにに対してのものかはわかっているだろう。

「抑制剤は、足りているのか？」

なおもシルヴァンは、優しい声でそう尋ねてきた。ルネは、はっとする。

「あ、あの……手持ちは、そろそろなくなりそうで」

娼館行きだったところを逃げ出したとき、女衒の荷物から盗み出した抑制剤だ。あれがなければ、仕事どころではない。ぶるりと震えながら、ルネはそっとシルヴァンを見た。

「では、新たなものを用意せねばな。もうすぐ医師たちが来る。言っておこう」

「ご迷惑をおかけして……すみません」

うなだれてルネが言うと、彼は笑った。

「なに、部下の面倒をみるのも、仕事のうちだ」

「ありがとうございます」

ルネは頭を下げる。顔をあげるとシルヴァンは、なんでもないことだというように微笑んでいた。その笑みに、心の底から癒される。今までの人生で味わったことのない充足感に、ルネは深い息をついた。

□

この世界のいろいろなことを教えてくれるとは言ったが、シルヴァンはとにかく忙しい。

訪問者はひっきりなしだし、国境各所に配属されている兵士からの報告、新しく入ってくる者との対面など。それらを捌《さば》くのもルネの仕事だから、畢竟《ひっきょう》ルネも忙しかった。

シルヴァンの仕事は、執務室の中だけのものではない。国境兵たちの任務は警備のみならず、毎日交代で訓練をおこなう。シルヴァンは手の空いているときには訓練の指導に直接当たり、ひとりひとりに助言もする。そうやって労を惜しまないからこそ、兵士たちに慕われる。

(シルヴァンさまは、すごい人だ)

そういえば女衒のクレマンに、『辺境王』は並のアルファではない、ドミナンスアルファだと聞いたことを思い出した。シルヴァンの精力的な働きは、彼がドミナンスアルファだからなのか、それとも彼の生まれつきの性質なのか。

(どっちだっていい、とにかくシルヴァンさまは、すごいんだ)

ルネは、勇気を振り絞って運命に逆らった。自分にそのようなものがあるとは思わなかった勇気をだ。そしてその先にあったものは、シルヴァンとの出会いだった。

(こんな運のいいことが、あるんだ)

国境の各所に配備されている兵士からは、毎日報告の書簡が届く。ルネはそれを受け取り、執務室に運びながら自分にも役に立つ仕事ができる喜びに胸を熱くした。

(シルヴァンさまみたいな人に、お仕《つか》えできるなんて……娼館に行くはずだった、俺が)

執務机の上に書簡を置き、ふぅと息をつく。しかし休憩している暇はない。ルネが駆け足で廊下に出たところで、ぶつかりそうになったのは見あげるような長身の男だった。

「すみません……!」

「いや、こちらこそすまない」

顔をあげると、ぶつかりかけたのはクロードだった。彼はすっと、目をすがめた。

「ルネ……」

「はい?」

彼の口調からどことなく緊張したものを受け止めて、ルネは身構えた。クロードはルネに一歩近づき、じっと目を見つめてくる。

「クロードさま?」

「慣れないことも多いだろうけれど、俺たちオメガは……アルファやベータよりも努力して努力して、やっと皆と対等になれる」

厳しい彼の物言いに、ルネは目を見開いた。反射的にぴしりと姿勢を正す。そんなルネを、クロードは目を細めて見た。

「気を抜くな。常に自分を律していろ。特におまえのように、異例に入隊してきたオメガはな」

「は、い……！」

ルネの返事に頷いて、そしてクロードはその場を去った。残されたのは、驚きに瞠目したルネだけだった。

遠のくクロードの背中に、ルネは息をついた。励まされたのか、忠告されたのか。いずれにせよ彼が軍のオメガたちのリーダー的存在で、オメガたちが貶《おとし》められず生きていくために気を配っていることは知っている。ルネにときに厳しい言葉をくれるのも、突然シルヴァンの小姓になったルネが周囲から浮かないようにと気にかけてくれているからだろう。

（それだけ、シルヴァンさまが皆から慕われているということ）

わかってはいたけれど、改めてそのことを思い知らされた。ルネは歩き出しながら、シルヴァンのことを考える。

シルヴァンのまわりには、いつもたくさんの人がいる。その性別はさまざまで、彼が性別を気にしない人物であることがよくわかる。そんな彼に、誰もが敬意を払っている。

（クロードさまは、いい人だ。俺みたいなのにも心を配ってくれる）

性別を気にせずにいられる場所。このようなところがあったのだと、改めてルネは感嘆する。オメガだということで両親にすらあれほど嫌われたルネは、ここでは自由だ。働いている間は、自分がオメガであることを忘れている。ふとした拍子に鏡を見て、自分が獣頭ではなく、頭に耳が生えているわけでもないことに少し驚いてしまうほどだ。

(それにしても、どうして)

階段を駆け下りながら、ルネは思う。

(シルヴァンさまは、なぜこんな世界を作ったんだろう)

彼が『辺境王』と呼ばれていることからもわかるように、ここは彼の世界だ。アルファなら王になるのだと、女衒のクレマンは言っていた。ましてやドミナンスアルファである。通常のアルファ以上に希少であろうドミナンスアルファのシルヴァンは、なぜ国境軍を率いているのだろう。

(シルヴァンさまは……どういうおかたなんだろう)

彼の側近くに仕えていながら、ルネはそのようなことも知らない。カモミールティーを飲んで話をした夜、少しは近づけたかと思ったけれど、しかし肝心なところはなにも知らない。

(シルヴァンさまのこと……もっと知りたい。もっと、近くにいたい)

それは好奇心からなのか、それとも——。

「ルネ！　どこにいる、ルネ！」

そこで誰かが、ルネを呼んでいるのが聞こえた。ルネはふるりと首を振ると、大きな声で返事をして、走り出した。

□

その日は、近くの町から医師が来るということだった。この国境軍の軍医として働き、普段は町で暮らしている人物を迎えるため、ルネは念入りに医務室の清掃をおこない、医師の診察を受ける者たちの一覧を記した紙を持って、医者の来訪を待った。

「やぁ、きみが新しい小姓か？」

白衣をまとったベータが、やはり白衣の三人とともに、馬車を降りる。ルネは馬車から馬を外し、厩《うまや》に連れていった。厩番がその世話を請け負ってくれ、ルネは慌てて医者のもとへ戻ったが、彼らは慣れた足取りで医務室に向かっていた。

「さて、今日の患者は？　怪我人とか、病人とか、いる？」

「現在は、急いで診《み》ていただくほどの怪我人はありません。先生に診ていただきたい者の一覧は、こちらになります」

緊張を隠しつつ、ルネは言った。医師は「そうか」と言いながらルネから書類を受け取り、医務室にある帳簿をめくっている。医務室を使った者は、どんな症状でどんな薬を使ったか、そこに記録しておくのだ。

「じゃあ、まずはオメガの検診をしようかな。きみ……」

「ルネと申します。よろしくお願いします！」

そう言ってルネが頭を下げると、医師はじっとルネを見た。

「まずは、きみから診ようか。そこに、座って？」

「……はい」

それよりも、医師が来たということで待機しているオメガたちを、先に診てもらいたいと思ったのだけれど。医師はルネを椅子に座らせ、聴診器で体のあちこちの音を聞いている。

「今の抑制剤、問題はない？」

「はい、よく効いてます」

ルネが頷くと、医師は満足そうに頷いた。

「抑制剤といってもね、いろいろ種類があるんだ。若い人と、年配者に出す薬も違うしね」

「そうなんですか？」

驚いてルネは言った。医師は、彼に同行してきた白衣のベータが渡してくる袋の中身を見、一粒取り出す。それをじっと、検分するように見た。

「発情期も、人によって異なる。薬も万能じゃないからね、効かないことがあったりして、でもそんなことがあっちゃいけないから、どの抑制剤を処方するか、なかなか悩みどころなんだよ」

そう言いながら医師は、彼の部下になにごとか早口に告げた。彼はてきぱきと動き、ルネに袋に入った薬を手渡してくれる。

「ありがとうございます」

「じゃ、次の人。呼んできてくれる？」

ルネは「はい」と返事をして頭を下げる。医務室を出ると、一覧表を見ながら医師の診察を待つ者たちに声をかけていく。

「エドモンさん、医務室に行ってください」

「ああ」

黒い髪をしたオメガは頷いた。ルネを見て、問うてくる。

「おまえは？　もう終わったのか？」

「はい、診ていただきました」

そう言って抑制剤が入った袋を見せる。エドモンは、また頷いた。

「俺たちオメガは抑制剤は手放せないし、腕力とかそういう点でも絶対アルファに敵《かな》わない」

エドモンの言うことに、ルネは首を縦に振った。

「それなのに軍にいられるのは、シルヴァンさまをはじめとしたアルファや、ベータの理解があってこそだ。だからこそ俺たちは、頑張らなきゃいけないよな。こうやってオメガを認めてくれるシルヴァンさまに、恩返ししなきゃ」

エドモンはルネに向かってひと息にそう言って、きびすを返す。医務室に向かう彼の後ろ姿を見やりながら、ルネはまた頷いた。

（本当に、エドモンの言うとおりだ）

手にした一覧表にある名前の主を探しながら、ルネはエドモンの言葉を反芻《はんすう》した。

（ここは俺たちオメガが、ちゃんと人間扱いされる大切な場所……そのことを忘れないようにし

なくちゃ）
ルネは早足で、本日診察を受ける予定の者たちを呼びに行った。

□

陽の出とともに起きて、執務室の掃除をする。隅々まで掃《は》いて磨いて、執務机の上を整理する。小姓になったばかりのころは迷ってばかりだったけれど、今では積まれた書簡を難《なん》なく仕分けることができる。

「あれ……？」

その日は、なにかが違った。自分の身に、違和感がある。風邪でも引いたかとルネは首を傾げた。なにがとは説明しがたい、しかし体の調子がどこかおかしくて、ルネは咳払いをしてみた。

（違うな。風邪じゃないけど……なにか、おかしい）

奇妙な感覚は、時間が経つにつれ大きくなっていく。ルネは胸を押さえ、大きく息をした。すると体の奥がどくりと跳ねて、熱いものが湧きあがってくる。

（この、感じ……！）

ルネは大きく目を見開く。腰の奥がもぞりとする。そしてどうしようもない熱。この感覚には覚えがあった。

（抑制剤、飲んでるのに……？　この間、新しいやつもらって……）

部屋を出ようとしたけれど、足がもつれる。うまく歩けない。そこに扉が、ノックされた。

ルネは、はっと顔をあげる。扉が開いて、入ってきたのは武器庫を任されているアルファで、彼は部屋の中を見まわした。ルネと目が合うとそのアルファは目を大きく見開いて、驚きの声をあげた。

「ルネ……？　これは、いったい……？」

「や、っ……！」

アルファが、信じられないものを見るまなざしを見せた。彼は己の身を押さえつけようとするように、自分を抱きしめている。その震えている姿を見やりながら、ルネが彼の脇をすり抜けようとすると腕が伸びてきた。いきなり強く抱きしめられる。

「や、め……っ」

「ルネ、おまえ……わかっているのか？」

乱れた口調で、アルファが言った。

「こんなに、フェロモン撒き散らしやがって……おまえが、悪いんだぞ」

ルネは瞠目した。やはり自分は発情している。その理由がわからない混乱の中、アルファの手がルネの体をなぞる。撫であげられて、ぞくりとした。

「やめて……」

「やめられるか」

吐き捨てるように、熱っぽい声でアルファが言った。彼自身も戸惑っているようだ。いつもの彼とは、まるで違う。

「おまえだって、発情してるんだろうが。こうなったら、抱かれないと治まらない……だろう？」

「やだ、離して……」

アルファは、いつもの彼の表情をかなぐり捨てていた。下半身をなぞられる。すると体の熱はますますあがり、ルネの意思とは裏腹に欲情が強くなる。ルネは精いっぱいもがいたけれど、男の腕は強かった。このまま彼に抱かれるしかないのか――ルネは絶望した。

「……あ！」

開いたままの扉から、部屋に入ってきた者がある。見間違うはずがない、シルヴァンだ。彼は驚いた顔をして、ルネたちを見た。

「いや、だっ！」

ルネは自分でも驚くほどの力で、抱きしめてくるアルファの腕を振りほどいた。そのまま床を蹴って部屋を飛び出し、まわりを顧みる余裕もなく自室に飛び込む。ベッドの上に転がって、忙しない呼気を懸命に抑えようとした。

「はぁ、はぁ、はぁ」

何度も吐いた息は明らかに熱く、尋常ではない。確認するまでもなく発情している。抑制剤を欠かしてはいないのに、なぜこんな。薬が効かない発情期もあるというのか。医者も、抑制剤の効き目は人によって違うと言っていた。

「やだ……やだ、こんな」

体の反応が、ルネの心の傷を疼かせた。

(俺が、オメガだから……だから、みんなに嫌われて……みんなに、迷惑をかけるんだ。俺が、オメガ……オメガ、だから……！)

ルネは、ベッドの上を転がった。下半身がもどかしいまでにうずうずとする。たまらない感覚とせりあがる絶望に身をよじり、欲情を抑え込もうとしても叶わない。症状はどんどんひどくなってきていた。先ほどのアルファが再び現れて押し倒されれば、ルネは抵抗できないだろう。

「助けて……誰か。こんなの、いやだ」

ルネは、ぴくりと耳をうごめかせた。扉が開いて、誰かが入ってくる。今の姿を見られたくなくてルネは体を小さくしたが、聞こえたのはよく知っている声だった。

「大丈夫か、ルネ」

「シルヴァンさま……？」

ルネは大きく目を見開いた。彼は後ろ手に扉を閉め、ベッドに近づいてくる。

「抑制剤も、万能ではない……こういうこともあると、聞いている」

「シルヴァンさま、近づかないで……」

掠れた声で、ルネは言った。同時に大きく身を震わせる。

「フェロモンが……出てるから。シルヴァンさまが、おかしくなっちゃう……」

それを思うとたまらなかった。ルネがオメガで、抑制剤を飲んでいるというのに発情してしまうおかしな体質で、それがシルヴァンに迷惑をかけるなんて。

そんなルネの絶望など、気づいていないかのようにシルヴァンが枕もとに立つ。じっとルネを見下ろしているのが感じられる。ルネは、どうしようもない羞恥を覚えた。

「いったんこうなってしまえば、辛いばかりだろうな」

彼は手を伸ばしてくる。頭を撫でられて、ルネはびくりと大きく震える。シルヴァンが、はっと熱い息を吐いたのが感じられた。

「すまない……おまえを、放ってはおけない」

ぎしっ、と鈍い音がした。ルネが驚いて顔をあげると、唇に柔らかい感覚が伝わってくる。

「あ、あ……あ?」

キスされている。ルネは大きく目を見開き、抵抗しようなどと考えることもなくシルヴァンのくちづけを受け入れていた。

「んぁ……あ、あ……っ……」

シルヴァンはベッドにあがり、全身でのしかかってくる。彼の体の重みが驚くほど心地よかった。ルネは彼に縋《すが》りついて、自らシルヴァンの唇を吸った。

「あ、あ……あ、ああ、っ……」

舌が絡み合う。ぺちゃ、くちゅと艶めいた音があがって、背筋がぞくぞくとする。耐えがたい情動を満たされる予感にルネは震え、シルヴァンの背にまわす腕に力を込めた。

「は、あ……っ……、や……っ、こ、んなの……！」

「恐れるな……私を、信じろ！」

そう言ったシルヴァンを、ルネは大きく見開いた目で見つめた。彼の骨ばった手が、ルネの肩を撫でる。そのまま手は胸にすべりおり、上衣の上から乳首を撫でた。発情した体はその刺激に反応し、ルネは大きく腰を跳ねさせる。

「ここも、反応するのか」

「やあ……っ……あ、あ」

きゅっとつねられて、ルネは思わず声をあげた。敏感な場所から、体中にびりびりと衝撃が走る。ルネが下半身をうごめかせると、シルヴァンは体重でそれを押さえ込んできた。

「ああ……もっと、もっと……」

掠れた声で、ルネは喘いだ。言葉は胸から独りでにせりあがり、自分がなにを言っているのかもわからない。

「ください……俺、おかしくなる……」

「心配するな、おまえを救ってやるのは、私だ」

頼もしい口調で、シルヴァンは言った。彼の声もまた掠れていて、自分がオメガ特有のフェロモンを放ってアルファを誘っていることは疑いようがなかった。

「私のことだけを思え。ほかには……なにも、考えるな」

「あ、あ……あ、っ……ん、っ」

乳首をつままれ、きゅっと捻《ひね》られる。ルネの体が大きく跳ねた。ベッドが、ぎしりと音を立てる。その音が奇妙に耳の奥に響き、淫らな感覚が強くなった。

「シルヴァンさま……あ、あ……あ、ああっ」

彼の大きな手は、ルネの腹からチュニックをめくりあげ、肌に直接ざらりと触れた。熱く火照《ほて》っている体はそれだけの刺激で反応し、ルネは咽喉を反らせて喘ぐ。

「や、ぁ……あつ、い。シルヴァンさま……俺、熱い」

「脱がせてやろう」

彼は静かにそう言って、ルネのチュニックの留め金を外す。ぱち、ぱちと小さな音がして、それに煽《あお》られたルネはますます熱い息を吐いた。

「んぁ……あ、あ……あ、ああっ」

上半身があらわになって、シルヴァンは全体をざらりと撫であげてきた。すでに勃っている乳首にくちづけて、くわえられて強く吸いあげられる。すると全身にこらえられない痺れが走って、ルネは目の前が真っ白になるのを見た。

「ここだけで、これほどに感じるか。本当に、おまえは……」

「あ、あ……ん、んっ、っ！」

もうひとつの乳首は指で潰され、それぞれが同時に違う刺激を受ける。白い視界の中ルネは混乱し、シルヴァンの背にまわした腕に力を込めるばかりだ。

「それほどしがみつかれては、抱いてやれないだろう」

シルヴァンがくすくすと笑うのに、ルネは大きく息をつく。ルネの意識は少しずつ混濁していって、ただ自分を満たしてくれる存在に縋るしかない。

「抱いて……シルヴァンさま。抱いて……」

「ああ、懸念《けねん》するな」

淡々とした口調で、シルヴァンは言った。彼の舌はルネの乳首を舐めて、そのまま肌を辿《たど》っていく。薄い胸筋を、肋骨《ろっこつ》の形を、みぞおちの窪みを、そして臍《へそ》に至る。その大きな舌は表面がざらざらとしていて、ルネの体を刺激的に追いあげた。

今まで味わったことのない感覚にルネは溺《おぼ》れ、反射的に手を伸ばす。シルヴァンのなめらかな被毛に指を絡め、先を促すように軽く引いた。

「急《せ》くな……」

呻くように、シルヴァンはささやく。

「急いては、おまえの欲しがっているものをやれぬ……」

「ひう、う……っ、う、う……っ」

彼は臍の窪みのまわりに、くちづけを落としていく。きゅっと吸いあげられると刺激が全身に広がった。つま先までが甘く痺れ、ルネは大きく胸を反らせた。何度も熱い吐息をこぼす。

「や、だ……そこ。もう……俺、俺……っ……」

シルヴァンはふっと笑って、体を起こす。彼の手はルネの下衣にかかり、留め金を外した。

「あ、あ……あ、あ!」

熱くなっていた下半身に、外気が入り込んでくる。冷たく撫でられて、ルネは大きく震えた。

シルヴァンはルネの体をなぞりながら下衣を引き下ろし、覆うもののなくなった彼の下半身に目を落とす。

「や……見ない、で……」

「見なければ、抱いてやれないだろう」

シルヴァンが困ったように小さく笑って、ルネ自身を指先で撫でた。そこは空気の流れにさえ感じるほどに敏感になっている。ましてや直接触れられればそれはたまらない刺激となって、ルネは大きく身を震わせる。シルヴァンが大きな手にそれを包み、ざらりとひとつ、扱きあげた。

「ああ、あ……あ、あ……っ……！」

白く塗り潰されていた視界に、ちかちかと星が飛ぶ。ルネは小刻みに震えながらどくどくと欲を吐き出し、シルヴァンの手を白濁で汚した。

「うぁ……あ、あ……っ……」

はぁ、はぁ、と荒い息が洩れる。なにが起こったのかわからず、ルネはぼんやりとシルヴァンの顔を見つめていた。

「元気がいいな」

彼は微かに、唇を歪ませながらそう言った。その言葉の意味がわからず、ルネは目を見開く。

「まだ……治まってはいないようだが」

「あ、あ……っ？」

シルヴァンは汚れた手を舐めた。彼が目を細めるのを見て、ルネは何度もまばたきをした。

「シルヴァンさま……なに、を？」

「おまえのように愛らしい者は、精液まで甘いのだな」

「え……？」

彼がなにを言っているのかわからなくて、ルネは困惑する。普段ならもっと働いているはずの頭の芯が、どうしようもないくらいにぼんやりとしている。シルヴァンの言葉を理解することができない。

「心配するな、と言っただろう……。おまえの発情が治まるまで、付き合ってやろう」

「あ、あ……シルヴァン、さま……」

彼は手を伸ばし、ルネの下肢を撫であげる。それにびくりと反応した体を押さえつけて脚を拡げさせると、そこに自分の体を割り込ませてきた。

「や、ぁ……っ……」

自分が大きく脚を拡げた、恥ずかしい格好をしているというのがルネにもわかった。しかしシルヴァンの体を挟み込んでいることで、閉じることはできない。彼はルネの腰を撫で、大きな手を双丘にすべらせると、その奥に指を入り込ませた。

「あ、あ……あ！」

そこはいつの間にか、ずくずくと疼いていた。そっと触れられると、その疼きがひどくなる。自身を刺激される以上に感じてしまう自分の反応に戸惑い、目を泳がせるとシルヴァンが顔を寄せ、くちづけてきた。

「んぁ……あ、あ……ん、んっ」

「ここも、濡れている」

彼はどこか楽しそうにそう言って、指先を突き入れてきた。ひくん、と下肢が大きく震える。

「私を受け入れるか……？　私とひとつになって、構わないか？」

「あ……ください、シルヴァンさま……」

ひくつく咽喉から、ルネは必死に声を絞り出した。

「俺……おかしくて。どうしようもない、から」

「私は、喜ぶべきなのだろうな……」

独り言のように、シルヴァンは呟いた。

「おまえのようなオメガがいるとは思わなかった……私がこれほどに、反応するなんて」

「シルヴァンさま……？」

「……やはりおまえは、私の……運命、の……」

小さな声で呟かれた彼の言葉が理解できないまま、ルネは秘所を拡げられる感覚に声をあげた。中に挿《はい》った指は中ほどまで進み、内側を擦られてルネは大きく目を見開いた。

「あ、あ、ああっ！」

「ここが、感じるか」

シルヴァンは中で指をくねらせる。その動きにも感じさせられて、ルネはますます甲高《かんだか》い声をあげた。

「や、やだ……そ、こ……だめ……！」

「おまえの感じるところだ」

淡々とした口調で、シルヴァンは言った。まるでこの行為は、彼にとってなんでもないことであるかのようだ。単に部下の抱えるトラブルに、機械的に対処しているだけであるかのような——。

「おまえをもっと、乱してやろう……おまえの熱が冷めるまで」

「あ、あ……だめ。だめ、だから……!」

ルネは腰をひねったが、しかしシルヴァンの手のほうが巧みだった。彼は何度も隘路《あいろ》の柔らかいところを擦り、ルネの嬌声《きょうせい》を引き出す。指先までが細かく痙攣《けいれん》する、たまらない愛撫にルネは啼《な》き、自分の体の反応に恐れさえ抱いた。

「やめて……怖い。俺、怖くて……」

「私がいるだろう」

ルネを容赦なく攻めあげながら、シルヴァンは甘やかすような声でささやいた。

「私が怖いか? 私がおまえに、害をなすと思うか?」

「思わな……い、です、けれど……」

震える声で、ルネは答える。目を開いてシルヴァンを見ると、彼はこのように淫らなことをしているとは思えないほどの優しい瞳をしていた。

(シルヴァンさまの、目だ)

ルネは、ほっと息をつく。シルヴァンは宥《なだ》めるようにそっとルネにくちづけてきたが、下半身を攻めあげる動きは止まらない。

「は、ぁ……あ、ああ……っ……！」

挿ってくる指が二本に増えて、それが内壁を何度も擦る。同時に彼は手首を返し、締めつける秘部を緩めようとした。その動きにもまた煽られて、ルネは身を反らせて喘ぐ。

「あ、や……な、か……いや、もう、もう……！」

「急くな……欲しいのだろうが」

ルネにくちづけながら、シルヴァンは低い声でそう言った。ルネの視界は涙に濁っていて、そこに映ったシルヴァンは笑っているのか呆れているのか、今のルネには判別することができない。

「おまえのここは……柔らかいな」

「ちが……あ、あ……っ、……そこ、もう……」

「まだ、終わらぬよ」

ルネの唇を舐めながら、シルヴァンは逆らえない強さでそう言った。ひくり、とルネの咽喉が震える。そこにもまたシルヴァンの舌が這った。舐めあげられてわななき、指を突き立てられて声をあげ、ルネの体はますます熱くなって自分では制御できない。

「ひぅ、う……っ……ん、んっ……」

うごめく指はいつの間にか三本になっていて、深く熱い中を抉《えぐ》る。しかしその先、指では届かないところが疼いているのをルネは感じていた。もっともっと、深いところ――下腹部の奥が反応している。愛撫を受けたくて震えている。

「俺、変……っ……、中が、おかしい」

「おかしくはない」

ルネ以上にこの体を知っているようなシルヴァンは、指を動かしながら掠れた声でそう言った。

「おまえの反応は、正常だ……正常である以上に、実にオメガらしい……」

シルヴァンは、どういう意図でそう言ったのか。オメガであることを称賛したのか貶めたのか
――ルネは大きく身震いをしてシルヴァンを見あげた。すると彼の欲に濡れた瞳が、じっとこちらを見下ろしていることに気がついた。

「シルヴァン、さま」

そう呼びかけた震える声は、彼に伝わったのか。シルヴァンはふっと笑い、ルネにくちづける。その間にゆっくりと指を引き抜いて、ちゅくんという濡れた音とともに体には空虚感が走った。

「ん、あ……あ、っ……」

ルネは掠れた声をあげる。シルヴァンはルネを焦《じ》らすことなく、同時に双丘の間には熱く濡れたものを押しつけられた。それが、口を開いたルネの秘所にねじ込まれる。

「あ……っ、あ……あ、ああっ！」

今まで受け入れていた指とはまったく違う圧迫感に、ルネは大きく目を見開く。それは、ずりゅ、ずりゅとぬめりとともに挿ってきて、ルネは息ができなくなった。

「ふぁ、あ……っ、あ……あ、ああ……」

「くっ……」

シルヴァンが苦しげな声をあげる。その声に、ルネはぎゅっと胸を摑まれた。

(俺の体に、シルヴァンさまが興奮してる)

それは抱かれているという狂熱ゆえなのか、それともルネがオメガだからなのか。シルヴァンの洩らした声に、ルネの胸はどくりと大きく鳴った。今まで以上の熱情が、体中を駆け巡る。ルネは何度も短く息を吐いた。

「は、あ……あ、ああ、あっ……!」

声をあげて、シルヴァンの体にしがみつく。自分がどのような格好をしているかなんて、今のルネの意識にはない。ただゆっくりと突かれてせりあがる感覚が熱くて、苦しくて、心地よくて。繫がった部分から蕩《とろ》けていきそうになりながら、与えられる快楽に酔っている自分を自覚した。

「ルネ……」

掠れた声で、名を呼ばれる。返事をしようとしたが、ずくんと挿ってくる衝撃に声は途切《とぎ》れた。

ただひたすら、喘ぎ声を洩らすことしかできない。

「んぁ……あ、あ……っ……」

指に溶かされた秘所が拡げられる。それはじわじわと奥を犯して、ルネを追いつめていく。

「い、あ……あ、あっ」

なにかを求めて疼く奥が、わなないている。ルネ自身ではどうしようもない衝動を抑え込むように、シルヴァンは腰を進めた。内壁が擦られる。同時に空っぽだった部分を満たす充実があって、ルネは深く息をついた。

「ふ、……ぁ……あ、ああ、っ！」

ずん、と深い場所を突かれる。指では満たされなかったところを擦られて、ルネは大きく目を見開いた。もどかしさが埋められていく。足りなかったなにかが与えられる。

「あふ……っ……あ、あ……」

「ここか？」

腰を突きあげながらシルヴァンがささやいた。ふたりの結合は分かちがたく深くなっていて、彼自身が奥に届いたのがわかる。深い部分を突かれて、ぞくぞくと悪寒がルネの全身を走った。

「おまえの中が、ひくひくしている」

低い声でシルヴァンが言う。それを感じて、彼もまた快楽を得ているのだとルネは思った。

「ここだな？　ここを突くと、きゅっと締めつけてくる」

「や、ぁ……っ、ああ、あ……！」

そこに刺激を受けるたび、体中が痺れるような感覚がある。それは体の深い部分に沁み込んで、ルネをますます狂喜させた。

「感じているのなら、そう言え……」

シルヴァンが低く呻く。

「どうすれば、おまえは満足する？　どうすればおまえを助けてやれるのだ」

「あ、や……もっと、もっと、そこ……」

ルネの声に、シルヴァンは小さく笑う。彼はルネの腰に手をすべらせ、腰骨に指を絡める。引き寄せるとより深く突き、続けて一気に引き抜かれ、内壁を擦られたことにルネは悲鳴をあげた。

「あ、あ……ああ、あ……っ……！」

再び突きあげられて最奥《さいおう》を抉られ、また引かれて襞《ひだ》を拡げられる。うまく呼吸ができなくて、ルネはぜいぜいと咽喉を鳴らした。

「そこ……もう、も……や、ぁ……っ」

くわえ込むものが、ひとまわり大きくなったような気がする。ルネはひゅっと息を呑んだ。瞠目するまなざしには、シルヴァンの苦しげな顔が映る。

「あ……だめ、……ま、た」

ふたりの腹に挟まれた自身が、ひくりと震えた。腰の奥に揺れる熱を感じ、せりあがってくる衝動に全身がわななく。

「達《い》く……、出、る……」

「ならば、達け」

低い声で、シルヴァンが言った。

「私も……おまえの中に注いでやろう」

その声が体の奥に沁みていく。ルネの全身が大きく反応し、感じたことのなかった激しい波が来た。

「あ、あ……あ、あ……っ……」

目の前が真っ白に染まる。そこできらきらと星がきらめき、ルネは何度もまばたきをした。

「……っあ、あ……ああ、っ」

ルネの喘ぎが、か細く消えていく。体の奥が、焼かれたかのように熱い。激しい呼吸の中に、シルヴァンの低い呻きが混ざった。

「はぁ……あ、あ……」

どのくらい時間が経ったのだろう。シルヴァンが体を起こしたことにルネは気がついた。ふたりの間に距離ができる。ルネがふるりと身を震わせると、それが機になったというように、いまだ疼いているルネの秘所から欲望が引き抜かれる。

「あ……あ、あ……」

ずるりとした感覚とともに流れ出す熱いものがあって、体を埋めていたものを失った空虚感にルネは途切れた喘ぎを洩らす。

「ルネ」

名を呼ばれて、顔をあげた。シルヴァンが顔を覗き込んできている。彼の大きな手に髪を撫でられ、それにさえ感じてしまうくらいに体はまだ敏感だった。

「あ、あ……」

微かに名残惜《なごり》しげな声をあげてしまうと、シルヴァンは目を細めた。そのまま彼は起きあがって身支度を整え、ベッドから離れる。その背中を目に、ルネはたまらないさみしさを覚えた。

シルヴァンは部屋の隅の水瓶に向かうと、濡らした布を持ってきた。彼はルネの脚を開かせ、秘所に指を突き込む。ルネは思わず声をあげたけれど、シルヴァンの手はルネを感じさせるためではなく、中に残したものをかき出すために動いた。

「あ、あ……っ……」

彼はてきぱきと事後の処理をし、その手つきはルネにはひどく事務的に感じられた。ベッドにルネを残して、シルヴァンは言った。

「充分に休め。落ち着いたら、執務室に来い」

「は、い」

震える声で返事をしたルネに薄く微笑みかけて、シルヴァンは部屋を出た。その足音を聞きながらひとり残されて、ルネは大きく身震いをする。

（シルヴァンさまに、抱かれた）

その事実に、ルネはまた震えた。しかしあれは、なぜか抑制剤が効かなくて発情したルネを落ち着かせるためにしたことだ。そこを勘違いしてはならない。

（俺を、憐《あわ》れんでくださったんだ。憐れんで、あんなことを）

体の熱はもう引いている。多少は冷静になった頭で考えると、まさに憐れみというのがふさわしい。ルネは少し、笑ってしまった。

（シルヴァンさま、後悔してるのかな……）

部屋から出ていくシルヴァンの足取りは、ルネにはそう感じられた。彼もアルファだ、しかし、すべての性を平等に扱ってくれる彼は発情したオメガのフェロモンに刺激されてしまったことは不覚なのではないだろうか。

シルヴァンを振りまわしてしまったことを、激しく後悔した。ルネの意思でどうにかできることではなかったけれど、体の衝動のままに彼に抱かれたのは正しいことだったのか。

（……ああ）

ルネは両手で顔を覆う。羞恥とも後悔ともつかない感情が胸の中を巡っている。落ち着いたら執務室に来いとのシルヴァンの言葉だったけれど、彼の顔を見られないと思った。

瞼《まぶた》の裏に蘇《よみがえ》るのは、シルヴァンの欲情し、艶めいた顔――淫猥《いんわい》に濡れた瞳――それを思い出しただけで体の奥からぞくりとしたものがせりあがって、ルネは全身に力を込めた。

（シルヴァンさまに、申し訳のないことを……）

後悔が胸を苛《さいな》む。ルネにはどうしようもない状況だったとはいえ、これでよかったのだろうか。ほかに方法があったのではないだろうか。

ベッドの中で、ルネは煩悶《はんもん》した。早く仕事に戻らなくてはいけないと思うものの、心も体も、なかなか準備はできなかった。

ベッドの上で後悔し、シルヴァンに迷惑をかけてしまったと苦しみ――そのまま二時間ほど経っただろうか。ようやく落ち着いたルネが自室を出ると、革鎧姿の兵士が前を通り過ぎていくところだった。

思わずルネは後ずさりをし、部屋の扉を閉めてしまった。先ほども何度も確かめたけれど、再び鏡の前に立つ。自分がおかしな顔をしていないか、乱れた服装をしていないか。確認を重ねて、ルネはまた部屋を出た。

（いつまでも、閉じこもっているわけにはいかない）

そう自分に言い聞かせて、ルネは廊下に出ると扉を閉める。発情の気配は治まったけれど、それでもなにがきっかけでまた発情してしまうかわからない。

ずっと部屋にいるわけにはいかないので、ルネは恐る恐る、ゆっくりと歩く。シルヴァンの執務室は離れていたが、いくらこの城が広いからといっても目的地にはたちまち着いてしまった。

ルネは大きく深呼吸をして、扉を叩く。

シルヴァンの声で、返事があった。その声にルネは頭の先から棒を突き立てられたかのように直立してしまい、どうしようもない緊張に胸をどきどきと鳴らしながら、扉を開いた。

「ルネ、バルロー地方の地図を出せ」

「は、はいっ！」

シルヴァンは厳しい、しかし通常どおりの声でそう言った。ルネは命令に従うべく焦り、地図を収納してある棚に向かって走って転びかける。

「う、わっ！」

つまずいてしまった体勢を立て直し、言われたものを急いで取り出した。くるくると巻かれた地図を手に、やはり慌てて執務机のほうに駆ける。

「お、お待たせいたしました！」

「慌てなくていい」

机の上の書簡に目を通しながら、シルヴァンは言った。ルネが地図を手渡すと彼のほうはルネを見ずに受け取り、そのとき少し手が触れ合ったのにルネは飛びあがりそうになった。

「すすす、すみません！」

ルネは声をあげて後ずさりしたが、シルヴァンの目には映っていないようだ。彼はひとり、なにごとかをぶつぶつ呟きながら仕事に集中している。

(俺ひとりが焦って、ばかみたいだ)

ひとつ、ルネはため息をついた。当然だ、シルヴァンにとってはあれはなんでもないこと——部下のひとりが困っているのを手助けしてやっただけで、それ以上の意味はないのだ。

(そう……そうだって、わかってる。わかってる、わかってる、けど)

それでもルネは、動揺が抑えられない。シルヴァンにばれないように密《ひそ》かに深呼吸を繰り返し、平静を装おうとする。そんなルネにもシルヴァンは気づいていないようで、ただ熱心に机の上の書簡に視線を落としている。

(シルヴァンさまにとっては、なんでもないことなんだ)

ルネは自分に、そう言い聞かせた。

(俺にとっても……発情を抑えてもらっただけで、それ以上の意味はなにもない)

ルネにとっては初めての行為ではあったが、シルヴァンにとっては意味のない行為なのだ。ふたりの間には上司と部下という関係性以外にはなにもない。ルネがシルヴァンの小姓でなければ、ああいったことにはならなかっただろう。それはルネもよくわかっている。

(だから、意識するなんて……おかしいんだ)

「おい、ルネ」

シルヴァンが声を飛ばす。ルネはぴしりと背を正し、飛んできた命令を受け止める。忙しく立ち働いている間に、ルネは先ほどの行為のことを頭の隅にやることに成功した。だからシルヴァンがじっとこちらを見ているのに気がついたとき、思わず「なんですか?」と首を傾げてしまった。

□

ルネが国境の城にやってきてから、ひと月が経った。

この一ヶ月には、さまざまなことがあった。ルネ以外のオメガにも、抑制剤が効かないという異常が起きていたのだ。あのときルネを襲おうとしたアルファは、フェロモンの影響が消えたあとは正気に戻り、ルネに謝罪してきた。医師がもう一度やってきて抑制剤も成分を見直された。新しい薬を服用しはじめてからはおかしなことも起きない。日々の忙しさに追われ、ルネもあのことを始終考えていることはできなかった。

その日は、朝から兵士たちが全員、城の広場に集められた。ずらりと並んだ兵士たちの姿に、ルネは圧倒される。

ルネは、大きな箱を抱えている。シルヴァンのあとについて、箱の重さによろよろとしながら歩いた。

シルヴァンは兵士の名前をひとりひとり呼び、ルネは箱の中から該当の兵士の名の書かれた小袋を取り出す。

「よく頑張ってくれた」

「ありがとうございます！」

兵士は小袋を受け取り、大きな声とともにシルヴァンに礼を言う。その次の兵士、次の兵士。ルネが運んでいる箱の中には大量の小袋が入っていて、その袋の中には金貨や銀貨、銅貨が収められているのだ。

千人ほどいる一連隊の人数それぞれに小袋を渡すのは、なかなか大変な仕事である。それはひと月に一度兵士ひとりひとりに支払われる給金だった。監視台の仕事に就いている兵士たちなどは、代表者が受け取って配るということだ。

やっと箱が空《から》になり、ルネはほっと息をつく。シルヴァンに従って執務室に戻ると、シルヴァンは机の上にある箱から、先ほど皆に渡していたものと同じ小袋を取り出した。

「ルネ、ひと月ご苦労だった」

「……はい？」

ルネは首を傾げた。シルヴァンは手でルネを手招いて、ルネの手の上に小袋を置いた。それはずしりと、重く感じた。

「あの、これ……？」

「おまえの給金だ。ひと月ぶんのな」

驚いてルネは、目を見開く。シルヴァンはどこか楽しそうに、微笑んでいた。

「お、俺もいただいて……いいんですか？」

「おまえとて、兵士のひとり。給金を受け取るのは当然だろう」

「で、すが……」

開けてみろ、と言われてルネはそっと袋の口を開く。中には銀貨が五枚と銅貨が八枚入っていて、そんな大金を手にするのが初めてのルネは、飛びあがらんばかりに驚いてしまった。

「こんなにいただいて、いいんですか！」

「私なりに、おまえの勤めぶりを見て決めた金額だ。受け取ってくれ」

「……ありがとうございます」

ルネは思わず涙ぐみそうになって、ぐっとこらえる。硬貨の入った袋を両手で大切に包み込んでいるルネをシルヴァンは楽しげに見ていた。

「使い道は、考えているか？」

シルヴァンの言葉に、ルネは首を傾げ戸惑いながら言った。

「俺……クレマンさんのもとから逃げるとき……お財布を盗んだんです」

消え入りそうな声で、ルネは言った。

「だから、これはとっておい……いつかクレマンさんにお返ししたいです」

「そうか」

そんなルネに、シルヴァンは少し憐れむような表情を見せた。

「それでは、さしあたっては貯《た》めておけ。少しくらいは使うことは許されるだろう。そのうち、どこか町にでも連れていってやる。そこで、欲しいものを探すといい」

「はい……」

給金の入った袋を手にして、ルネはどきどきと胸を高鳴らせていた。町というのがどのようなところか想像もつかないけれど、シルヴァンが言うのだ、きっと素晴らしいところに違いない。

「楽しみに、しています」

ルネがそう言うと、シルヴァンは微笑んだ。そんな彼の笑顔を目に、ルネは弾む心を抑えきれずにつられて笑う。

自分の蓄《たくわ》えを持つなど、初めてのことだ。改めてシルヴァンに感謝しながら、ルネはそっと、俯いた。

第三章

しゅっ、しゅっ、と規則正しい音がする。

ルネは執務室で、箒を使っていた。部屋の隅から掃いていき、真ん中に塵《ちり》を集める。執務机のまわりを掃いていたとき、箒の柄が机にぶつかって、端に置いてあったものが落ちた。

「あ」

ルネはかがんで、それを拾う。広がってしまった書簡は、びっしりと細かい文字が書いてあった。何気なく、ルネはちらりと文章に目を通す。

「……む」

祖母に教わったので最低限の読み書きはできるが、難しい文章となるとお手あげだ。ルネは書簡を巻きながら、目に入った文章に目をみはった。

(なんだろう、この文章……すっごく、高圧的)

ルネが読み取れたのは一行のすべてにも満たなかったけれど、威圧的であることはルネにも感じられた。どうやら内容は「王城に戻れ」というもののようだ。

「あ、これ……」

書簡には剝がされた封蠟がついていた。それが王の紋であるということは、ルネも今までの仕事の中で知っていた。これは王からシルヴァンへ、帰ってこいという命令書らしい。ルネは、自分の眉間に皺が寄るのを感じていた。

「わっ」

がたん、と扉が開いた。書簡を手にしたままルネは振り返った。シルヴァンが、驚いた顔をして立っている。

「どうした、なにかあったのか」

「い、いえっ！」

ルネは、手の中の書簡をぎゅっと握りしめてしまう。そしてまた「わっ」と声をあげた。

「すみません、これ……うっかり落としてしまって」

「ああ」

シルヴァンはルネの手にある書簡を見て、不愉快そうに眉をひそめた。しかしルネの手から取りあげることはしなかった。

「不要なものだ。ほかのゴミと一緒に外で焼いてこい」

「……はい！」

ルネは声をあげた。書簡の内容がシルヴァンにとって焼いても構わない、どうでもいいことだと知って安堵《あんど》したのだ。事情はよくわからないけれど、王都に戻ってこい、という王の命令に、シルヴァンが従うつもりはないようで安堵したのだ。

「焼いてきます！」

箒を部屋の隅に置いて、ルネは部屋を飛び出した。階段を駆け下りて、裏庭に出る。落ち葉をかき集めて懐《ふところ》からマッチを出して、火をつけると書簡をその中に放り込んだ。

ゴミと一緒に王の封蠟がついた書簡が、めらめらと燃えていく。それが小気味よくて、ルネはしばらく炎を見つめていた。

「おい、おまえ」

「はい？」

急に呼びかけられて、ルネは振り返った。後ろにいたのは三人の、ベータの兵士たちだった。

「調子に乗るなよ？」

「シルヴァンさまの小姓だからって」

「生意気だ」

ルネは目を丸くした。三人は一歩一歩、ルネに近づいてくる。ひとりがルネの腕を強く摑んだ。

「うわっ！」

「小姓の座を、退け」

「自分から引くんだ。おまえからシルヴァンさまに、辞めたいと言うんだ」

ルネは、息を呑んだ。三人はそれぞれ、恐ろしいまなざしでルネを睨みつけてくる。

ひとりが手をあげて、ぱしんとルネの頰を打った。その拍子にルネは体の均衡《きんこう》を崩し、よろめいてしまう。

「おまえみたいな新参者が、シルヴァンさまのおそばにいるなんて」

「生意気だ」

同じ言葉を繰り返した男は、今度はルネの胸をどんと突いた。ルネはもう一度よろけて足をもつれさせ、転んでしまう。炎の上に転ぶことだけはなんとか避けた。

転んだルネを、三人は笑った。ルネは、視線を尖らせて三人を見る。

「なんだよ、文句あるのか」

「やっぱり、生意気だ」

降ってくる言葉はきつかったけれど、ルネは力を失わなかった。きっ、と彼らを睨み返す。

「俺は、小姓をやめない」

ルネが言うと、三人はざわめき立った。

「俺は、ここで生きるんだ。シルヴァンさまに、存在を救われたから……！」

三人はルネの言葉に激昂《げっこう》したらしく、さらにひどい言葉を投げつけてくる。しかしルネは負けなかった。彼らになにを言われようが、シルヴァンのそばを離れるのはいやだった。そう口にするとまた殴られたけれど、ルネは意思を変えなかった。

（シルヴァンさまのおそばにいたい）

ルネは改めて、自分の中にある気持ちに気づく。

（シルヴァンさまのような素晴らしい人はいない。ずっと、シルヴァンさまの小姓でいたい）

ルネはまざまざと、シルヴァンを慕う自分の心を感じていた。

（なにをされても、耐えてみせる……自分からシルヴァンさまのおそばを離れるなんて、絶対にしない）

殴られて、口の端が切れた。血の味を感じながら、ルネは決意を新たにする。

ルネが屈しないことに、飽きたのか諦めたのか。やがて三人は去っていった。残されたルネは口の端を拭《ぬぐ》いながら、ふと顔をあげる。

（こ、こ……）

視界の先には、シルヴァンの執務室の窓があった。ここはちょうど、窓から見下ろせる場所だったのだ。

（シルヴァンさま……）

ガラスの向こうに、人影が見える。見間違えるわけがない、シルヴァンだ。シルヴァンが見下ろしている。ルネは恥ずかしくなって、俯いた。

（さっきの、見られてなかったらいいんだけど……）

きゅっと唇を嚙む。傍らでは小さくなった炎がぱちぱちと燃えている。ガラスの向こうの人影は消え、ルネはようやっと、立ちあがった。

□

裏庭で三人のベータに脅された日から、一週間ほどが経っていた。朝の光が眩《まぶ》しいほどに、執務室のガラス越しに差し込んできている。

その光に目を細めながら、ルネはシルヴァンの身支度を手伝っていた。革鎧を身につけるということは、どこか視察にでも行くのかもしれない。そう考えていたルネにシルヴァンは言った。

「国境線の、見まわりを兼ねて視察に行く」

はい、とルネは頷いた。

「野営をしながらぐるりとまわるつもりだ。おまえもついてこい」

「俺も？　いいんですか？」

ルネが言うと、シルヴァンはその間に溜まる仕事のことを思ったのか複雑な表情をした。ルネは、思わずくすくすと笑った。どのみちルネだけで片づけられる仕事は少ない。

「野営の支度をしろ。視察団の世話は、おまえに任せるぞ」

「はいっ！」

シルヴァンの革鎧の着つけを終わらせ、ルネは慌てて支度にかかる。野営に必要なものは前任の小姓が書き残してくれていたから、それを参考にした。シルヴァンの荷物をまとめていると視察についていく隊員たちがやってきて、大きくなった荷物を手分けして背負ってくれる。自室に戻り、自分の荷物も急いでまとめて城を出ると、革鎧に身を固めた兵士たちが揃っていた。

「国境線の、見まわりに向かう」

シルヴァンは手短に言った。

「少々きなくさいところもあると報告がある。そこを重点的に、国境での悶着を抑えてまわる。争いがあるかもしれない、準備はしておけ」

一個分隊、十名ほどの兵士たちの、揃った声があがる。ルネはそれを、シルヴァンの傍らで聞いていた。背筋を伸ばし、彼らとともに声をあげる。

兵士たちが向かったのは、厩だった。訪問客の馬を引っ張って来たことはあるが、自分のためにはどうしていいものか戸惑った。

「ルネ、おまえの馬はこいつだ」

そう言われて、手綱《たづな》を握らされた。与えられた馬は黒毛で、瞳も黒い。理知的な目が、じっとルネを見つめている。

「あ……よろしく……」

馬に向かってそう言うと、馬はルネを観察しているようだ。どうしていいものかとルネがさらに困惑していると馬番が、呆れたようにルネの手を引っ張った。

「ここに足をかけて乗るんだ。鞍《くら》の上では、体の中心を意識しろ。油断すると転がり落ちる」

「は、はいっ！」

言われるがままにルネは馬によじ登り、鞍に座った。その拍子に馬が大きく身を震わせたので、ルネは慌てて首にしがみついた。

「わ……わ、わ」

兵士が馬を引いてくれるのに任せてなんとか外に出ると、馬に乗った兵士たちがすでに整列していた。ルネはシルヴァンの後ろに入れられた。

戸惑うルネに構わず、一団は進みはじめた。先鋒が先を行き、シルヴァンと幹部たちが進み、後衛が続く。ルネはシルヴァンの後ろについて、どきどきしながら馬にしがみついていた。

一時間ほど進むと、以前にも訪れた監視台がある。今回は上にまでは登らなかったが、歩哨から報告を受ける。シルヴァンが少し眉を寄せたことが、気になった。

国境線は塗り固められた石壁だったり、向こうを見渡せる鉄条網の部分もある。一団がその前を通ると、国境の向こうから子供を抱いた女性が何組かこちらを見ていた。シルヴァンたちを見ると、手を振ってくる。シルヴァンも手を振ったので、ルネは驚いた。

進んでいるのは物々しい武装した一団なのに、子供連れの者たちは臆《おく》した様子もない。少し大きな子供が国境に近づいてきて、声をあげる。

「シルヴァンさま！」

「隊長さん！」

呼びかけられて、シルヴァンはまた手を振った。子供たちは歓声をあげ、鉄条網越しに大騒ぎで追いかけてくる。

そのさまを、ルネは驚きとともに見ていた。国境警備だというから隣国との関係は緊迫したものだろうと考えていたのに、思わぬ和《なご》やかな雰囲気だ。シルヴァンだけではない、兵士たちも手を振ったり話しかけてくる子供たちに応じたりしている。中には鉄条網を越えて花を渡してくる少女もいた。

（こんな、感じなんだ……）

一団を追いかけて、たくさんの者たちが集まってくる。国境の向こうの国はボーアルネという と聞いたけれど、そちらの国は国境付近でも物々しい雰囲気はないらしく、人の数はどんどん増えていった。

「シルヴァンさま！」

もっとも声がかかるのは、シルヴァンだ。彼らはシルヴァンの名を知っているだけではなく、好物も知っているらしい。シルヴァンは白い布の包みを渡されて、それをルネに預けてきた。ルネがちらりと中を見ると、どうやらそれはベクシーという甘い餡《あん》を包んだ饅頭《まんじゅう》でシルヴァンの好物だったのだ。

等間隔に置かれた監視台の歩哨や、監視の兵から話を聞く。書記の兵士がそれを書き留める。紙がいっぱいになればルネが受け取り、インクを乾かして丸めると雑嚢の中に入れていく。途中で森の中に入ると火を起こし、携帯食で昼食を摂る。そのようなことを言うと不謹慎なので黙っていたが、ピクニックのようでルネは楽しかった。

やがて陽が暮れてくる。一団は背の高い木の下で野営することになった。馬を木につなぎ、革袋の中の水を飲ませてやる。火を起こして臨時のかまどを作る。兵士たちは手馴れたものだったが、ルネも精いっぱいそれを手伝う。野草と狩りでつかまえたウサギを煮込んだ蕩けるスープをシルヴァンに差し出すと、彼は目を細めた。

食事の片づけは、ルネが率先してやった。川で食器を洗い、灰で火種を覆い、皆の綿を入れた寝袋を受け取って支度してまわると、まわりの者に手際のよさを褒められた。

「うまいものだな」

そう言われて、振り返った。あらぬ方向を見ながらそう声をかけてきたのはクロードで、彼に認められたのかと思うと誇らしかった。

「なかなかに、よく働くじゃないか」

「ありがとうございます！」

勢いよく頭を下げると、クロードは目を細めて微笑んで、きびすを返した。


火を囲んで、歩哨以外は眠りに就《つ》く。森の中はしんと静まり返り、遠くから獣の吠え声が微かに聞こえてくるばかりである。

寝袋の中で、ルネはうとうとと眠っていた。国境の城の固いベッドには慣れたけれど、寝袋で眠るのは初めてだ。熟睡はできず、ルネは何度か寝返りを打った。

「……ん？」

それでも、真夜中にはすっかり眠り込んでいたのだろう。妙な気配を感じてルネは身じろぎする。まわりがなんとはなしに騒がしい。ルネは眠い目を開けた。

「なに……」

暗闇の中で、光るもの。それにルネは、ぎょっとした。急いで起きあがろうとすると隣に眠っていた兵に押さえつけられた。

「な、なにするんですか！」

「しっ、野獣だ」

聞こえた言葉に、どきりとした。ルネは目を見開く。ぱちぱちと燃える焚《た》き火の向こう、ぐるる、と獣の息遣いが聞こえる。どのような獣かはわからないけれど、大きな体躯の危険な存在であることが感じ取れた。

ルネを止めた兵士が、静かに立ちあがる。彼は棍棒《こんぼう》を手にしていた。それで獣を追い払うつもりなのだろうか。

(大丈夫なのかな……?)

まわりの者は皆目覚めているようで、緊迫した空気が漂っている。ルネはできるだけゆっくりと起きあがり、経緯《いきさつ》を見守ろうとした。

獣が吠え、ルネはびくりとした。その場の緊張感が増すのがわかった。

兵士は焚き火から先だけが燃えている薪《まき》を一本取りあげ、野獣の群れに投げ込む。ぎゃあ、と獣が叫んだけれど、逃げる様子はない。

それどころか、炎に興奮してしまったのか。獣たちの唸《うな》りは大きくなった。こちらにじりじりと近づいてくる。焚き火に獣たちの顔が照らされた。その目は爛々《らんらん》と輝いている。ぞっとするような殺気が湧きあがっている。

「うがあああっ!」

そのうちの一頭が、飛びかかってきた。剣を抜いた兵士が、獣を一刀のもとに切り捨てる。獣たちの中でも比較的小柄だったその一頭は地面に倒れ伏したけれど、血の匂いに煽られたように獣たちが一斉に飛びかかってきた。

「うわあああっ!」

大きな一頭が、ルネをめがけて地面を蹴る。逃げることもできず、ルネはただ大きく目を見開いていた。

「……え？」

脇から、さらに大きな獣が飛び出してきた。筋肉に覆われた立派な体軀で、被毛は艶があって輝いている。見とれるほどにうつくしくしなやかだ。それはルネを襲おうとした獣の首もとに嚙みつき、二頭はもつれ合って地面に落ちた。

「な、なに……？」

仲間割れだろうか。野獣の群れは正面から向かってきているが、この大きな獣は脇から現れた。

（どういうこと……？）

その金色の大きな獣は、すぐに体勢を立て直し、向かってくる野獣たちと相対する。ルネを助けてくれた獣は野獣の咽喉に嚙みつき地面になぎ倒し、仰向けにした腹に爪を立てる。たちまち、五頭の野獣を倒してしまった。

「ぐるるる……」

野獣たちは鳴き声をあげて、森の中に消えていった。ルネを助けてくれた獣はその場で地面を引っかき、大きく遠吠えをした。それはあたりに響き渡り、それを聞いただけで新たに近づいてくる野獣はいないだろうと思われた。

「シルヴァンさま！」

「申し訳ございません、シルヴァンさま！」

ルネは目を見開いた。目の前の獣は、なめらかでうつくしい金色の被毛を持っている。鋭い瞳は澄みきって青く、焚き火の炎を受けてきらきらときらめいていた。

「シルヴァン、さま……？」

その姿は見たことがある。国境を目指して歩いていた森で、怪我をしていたシルヴァンに会った。彼の姿が人間になったり、獣になったりしてぶれて見えたことを思い出す。

金色の獣はこちらを見た。ぐる、と咽喉を鳴らし、それは「大丈夫か」と問われているように感じられた。

「大丈夫です。俺は、平気……」

か細いルネの声が聞こえたのかどうか。獣はぶるりと身を震わせた。すると被毛はますますうつくしく輝き、その姿にルネは見とれた。

「あれだけ、完全な獣の姿になれる」

ルネのそばで、呟くようにそう言ったのは、クロードだった。

「もとの姿に戻るのも、わけない。あそこまで完璧な変身をなすことができるのは……シルヴァンさまが、ドミナンスアルファだからだ」

「あ」

ルネは大きく目を見開く。金色の獣は何度か身震いをした。するとその体の輪郭が曖昧になった。それはまさに、初めてシルヴァンに会ったとき見た光景だった。

「シルヴァン、さま」

ひとつまばたきをするとそこにはシルヴァンがいた。彼が全裸であることに驚いたけれど、まわりの兵士は特に驚いた様子もなく、彼にダブレットとズボンを渡している。

衣服をまとったシルヴァンは、襟もとを整えながらルネを見やった。彼は微笑み、ルネに声をかける。

「怖がらせたか」

「いえ……あの、怖くはなかったですが……驚きました」

「それはそうだろうな」

言って、シルヴァンは笑った。そんな彼に話しかける兵士がいて、彼はそちらを向く。シルヴァンはいつもどおりの彼に戻ったけれど、ルネは彼の姿を目で追っていた。

（シルヴァンさまって……）

金色の被毛のうつくしい獣の姿。それがシルヴァンのもうひとつの姿であり、あそこまで完璧な獣になれるのはシルヴァンだけだと理解した今はなお、あの姿は鮮やかにルネの脳裏に焼きついている。

「騒がせてしまったな」

「とんでもありません、お救いいただいて……」

目を大きく見開いたまま、ルネはシルヴァンの姿をまだ追っていた。胸がどきどきと、激しく高鳴っている。なぜ自分がこれほど動揺しているのか理解できないまま、ルネはなおも、シルヴァンを見つめていた。

夜が明ける。

ルネは焚き火を消し、火種を足で踏み潰した。寝袋をたたみ各人に渡し、葉のついた枝を箒のように使って野営のあとを整える。

「あれ……？」

こちらに近づいてくる人影が見えた。三人ほどの兵士に付き添われた民間人のようだ。大人が三人と子供がふたりいる。ルネは首を傾げた。同種は見れば、すぐわかる。

（オメガだ）

彼らはどこか、おどおどした表情をしている。いったい何者だろうか。ルネは手を動かしながら、彼らを見た。

彼らはシルヴァンのもとに連れていかれた。ルネは急いで仕事を片づけてそちらに駆け寄る。話し声が聞こえてくる。ルネは耳を澄ませた。

（ボーアルネから？）

彼らは国境向こうの隣国からやってきたらしい。こちらでもオメガに対する風当たりは強いが、隣国ではさらにひどいようだ。子供はベータと同じ姿をしているが、その母親らしき者がオメガであることから、成長すればオメガになる確率が高いと思われた。

「ベルタンに、置いてください」

母親が祈るように、手を組み合わせている。

「このままでは、わたしたちは……オメガの園地《えんち》に行くしかなくなります」

（ベルタン？　オメガの園地？）

聞き慣れない言葉に、ルネは首を傾げた。シルヴァンがちらりとルネを見て、そしてまた視線を母親に向ける。

「よかろう。助けを求めて来た者を、拒みはせぬよ」

シルヴァンの言葉に、母子は勢いよく頭を下げた。ルネは彼らの目に涙が浮かぶのを見た。

ボーアルネからやってきた亡命者たちは、兵士に付き添われて保護されるべき場所に案内されるとのことだ。そこをシルヴァンは、ベルタンの町と呼んでいた。

突然の客に進軍が乱されたものの、見まわりは続けられる。兵士たちは雑嚢を背負い、国境を巡る行進は続く。ルネの隣で馬を歩かせているのはクロードで、彼をちらりと見あげると、目が合った。

「クロードさま、あの……さっきの、ボーアルネからの人たちのことなんですけど」

呼びかけたクロードはなにも言わずに、目だけでルネを見てきた。窺《うかが》うような、試すような彼の視線に緊張しながら、ルネは言った。

「オメガの園地ってなんなんですか？　シルヴァンさまがおっしゃってた、ベルタンのことも」

口を開かず、クロードはじっとルネを見下ろした。教えてもらえないのか、と思ったルネは、クロードが口を開いたことに驚いた。

「ボーアルネでは、国中のオメガを国が管理している」

忌々《いまいま》しそうに、クロードは言った。その口調の厳しさに、ルネはどきりとする。

「貴族だけではない、庶民の中に生まれたオメガも同様だ。……あの者たちは、そんな国の管理から逃れてきたんだろう」

シルヴァンの話に、ルネは首を傾げた。

「すべてのオメガを管理して、どうするんですか？　あ、そのオメガが集められたところが、園地ですか？」

「訊いておいて、先に話を進めるな。黙って聞け」

クロードはルネを戒《いまし》めた。ルネは肩をすくめる。

「オメガたちは、国が管理する園地と呼ばれるところに集められる。そこで行われるのは、システム化された繁殖だ」

「システム……繁殖？」

ルネは首を傾げる。クロードは、口にするのもいやだというように顔を歪めた。

「そう、すべてのオメガが園地に送られる。そこでは機械を使って生殖させられるんだ。意思なんか関係ない、発情期であろうがなかろうが、薬で無理やり発情させられて、機械に乗せられて番《つが》わされる。妊娠するまで、繰り返しな」

「……それは」

「子供を産めば、また強制的な発情と機械だ。子供を産める限り、それが繰り返される。妊娠できない体になれば、ろくな設備もない施設に放り込まれて、死ぬまで飼い殺しだ」

クロードが淡々と語る話を、ルネは啞然《あぜん》として聞いていた。驚きに見開いた目には、クロードの平静な顔が映る。

「だったらオメガって……ただの、モノじゃないですか！」

「だから、そうだと言っている」

クロードは表情を変えずに話した。

「それを厭《いと》って、あのオメガたちは隠れて住んでいて……それも限界だったんだろう。ああやって、辺境王に助けを求めた」

「それじゃ、シルヴァンさまのおっしゃってたベルタンは？」

「ああいった、他国から逃げてきたオメガたちが保護されているところだ。この国で訳あって逃げ、隠れ住みたいオメガやベータもな。国境の城からは少し離れたところにある、シルヴァンさまのお造りになった小さな町だ」

そう言ってクロードは、ちらりとルネを見た。

「逃げてきたのは、おまえも同じだな。通常ならおまえもベルタンで暮らすことになったのだろうが、シルヴァンさまが小姓にとお許しになったから」

ルネは肩を震わせた。女衒の手から逃げ、シルヴァンに出会って小姓にしてもらえた自分はなんと幸運だったのだろうか。今までルネに言いがかりをつけてきた兵士たちの気持ちもわかる。どこからともなく現れたオメガが、突然『王』の小姓だなんて。逆の立場なら、ルネも嫉妬《しっと》していたかもしれない。

（あれ？）

首を傾げて、ルネは自分の胸に手を置いた。

（嫉妬って、なんだろう？　そりゃあ、シルヴァンさまのことは尊敬してるけど……嫉妬って？）

「もういいのか、ルネ」

軽く首を傾げてルネを見ながら、クロードは言った。ルネは慌てる。

「はいっ、ありがとうございます！」

不快な話をしたせいか、クロードは顔を歪めたまま、馬の足を速めた。その後ろ姿を見やりながら、ルネは聞かされた話を反芻する。

（俺もベルタンに行っていたかもしれない）

逃げてきたオメガたちが住んでいる、町。小さな、と言っていたからそうたくさん人がいるわけではないのかもしれないが、辛い思いをしてきたオメガたちにとっては天国のような場所に違いない。

（シルヴァンさまが作った、オメガの居場所）

まさにシルヴァンは、ベルタンの王でもあるのだろう。そう思うとルネの胸に、誇らしさが湧きあがる。

（俺は、そんなすごいかたの小姓をさせていただいてる）

ルネがなにをしたわけでもないが、そう思うと元気が出た。ルネがことさらに張り切って背を反らすと、隣を馬で歩いていた兵士が妙な顔をした。

（俺は、本当に幸運だ）

視線の先に、シルヴァンがいる。彼は馬を止め、警備兵の報告を聞いているようだ。その真剣なまなざしに、ルネは見とれた。

（シルヴァンさまと出会えて、幸運だ）

じっと彼を見ていると、その青い目がルネを見た。視線が合って、ルネは慌てて逸《そ》らしてしまう。そして鉄条網を通して、隣国の景色を見やった。そんな国境視察の旅は一週間ほど続き、帰城したルネはシルヴァンへの忠誠を新たにした。

□

陽の出から夕暮れまで、ルネの一日は目まぐるしい。

たいていルネには、夕食後も仕事があり、終業後シルヴァンの執務室を出るとそのまま自室に戻り、ベッドに潜《もぐ》り込んで寝てしまう。しかしその夜は、そうしてもなぜか寝つけなかった。

（……眠くない）

ルネはベッドの中で、寝返りを打った。窓を見やると、奇妙に明るい。それが満月のせいだと気がついて、ルネは起きあがった。

（明るいから、眠れないのかな？）

しかし今までも、満月の夜はあったはずだ。眠れなかったという記憶はないのに、なぜ今夜に限って眠れないのだろうか。

（まぁ、いいか）

ルネは起きあがった。寝間着《ねまき》のまま靴を履いて、散歩でもしてみようかと部屋をあとにする。足音が響かないように静かに歩き、建物から出た。

（わぁ……なんだか、新鮮）

空気が少し、冷たいように思う。湿り気を帯びた大気に包まれて、ルネは大きく手を広げた。

（誰もいない……すごく、広く感じる）

ルネはあたりを見まわした。見慣れた城も、夜のしじまの中にあるとなにやら雰囲気が違って感じられる。ルネは城の裏手に向かって、歩きはじめた。

（こっちって、来たことない）

茂った下草を、ざくざくと音を立てながら踏む。こちらはあまり手入れされていないらしく、植物が好きなように伸びているようだ。ただ陽当たりは悪いのか、それほど葉を伸ばしているものはない。

特に宛てはなく、心の赴《おもむ》くままに歩いた。煤《すす》けた煉瓦《れんが》造りの階段があって、見あげると監視台になっている。特に歩哨がいる様子もなくひと気がまったくないので、城から直結しているこの監視台は、もう監視台としては使われていないのだろう。

ルネは石段を登った。意外と高く、足もとを見下ろすと闇に包まれている。それは少し怖かったけれど、登りきった先から見える光景は、思わず声が洩れるものだった。

「わぁ……星が、近い」

まんまるの月も、手を伸ばせば届きそうだ。ルネはぐるりとまわりを見やった。以前ここから少し離れた監視台から見た光景もすごかったけれど、この古びた監視台から見る夜の光景もルネの心を震わせた。真っ暗な中にもところどころ小さく光るものが見えて、この時間でも灯《とも》っている篝火《かがりび》かなにかだろう、とルネは思った。

(気持ちいい、ここ)

ルネはその場に座り込んだ。膝を抱えて空を見あげたり、暗闇の中の灯りを見やったり。夜の冷たい空気を吸っていると、なぜだかとても心落ち着く気がした。

(夜って、暗いだけじゃないんだな)

どのくらいそこに座っていただろうか。さすがに少し眠気が来て、そろそろ部屋に帰ろうかと腰をあげる。すると草を踏む足音が聞こえてきて、ルネはびくりとした。

「誰……!」

「それは、こちらの台詞《せりふ》だ」

その声に驚いた。シルヴァンだ。彼はまっすぐに、古い監視台にあがってきた。

「な、なにしてるんですか?」

「それも、私の台詞だな」

そう言って、シルヴァンもその場に座る。監視台はそう広くなく、ふたりが座るといっぱいになってしまった。

「どうした、眠れないのか」

「はい……シルヴァンさまも？」

彼は薄く微笑んだ。その表情は、はっきりとは見えなかったけれど彼の笑みの優しさは、ルネの心を温かくした。

シルヴァンは、顔を仰向ける。そのまま空を見あげ、月に向かって手を差し出した。

「月を、摑めそうだとは思わないか」

「俺も、同じことと思いました」

ふたりは目を見合わせて、同時に笑った。ふたりの笑い声が、夜の空気を少しだけ暖かくした。

「今夜はひときわ、月が大きい」

うたうようにシルヴァンは言って、それを耳にルネは首を傾げた。

「今夜は……ってことは、シルヴァンさまはよくここに来るんですか？」

「まぁ、そういうことになるな」

そう言ってシルヴァンは、その青い目をルネに向けた――ように思ったけれど、なにせあたりは真っ暗だ。これだけ近くにいても色までは判別できない。

「あれ以来、なにごともないか」

「え？」

シルヴァンがそう尋ねてきて、ルネは目を見開いた。彼は労《いたわ》るようにじっとルネを見つめて、ルネはひとつ、大きく震えた。

「抑制剤も、成分を見直して……今では、より効き目のあるものになっているというが」

「あ、あ」

抑制剤を飲んでいるのに、発情してしまったときのことだ。シルヴァンに抱かれたことを思い出して、ルネは大きく身を震わせた。あまりに甘やかで、激しすぎる記憶——。

「あの、大丈夫です……それより、あれ」

ルネは慌てて立ちあがると、国境の向こうを見やった。

「あっちの、ほう」

ルネは指を差した。遠くにまでずっと広がっている闇——その中に、ぽつぽつと微かに灯っている小さな灯り。

「シルヴァンさま、あちらに行ったことありますか？」

「あちらは、ボーアルネの領土だな。あちらの国境兵長に招かれたことはあるが、あれほどに遠いところまでには行ったことはない」

ルネは、小さく息をついた。

「シルヴァンさまが行ったことないんじゃ、俺は一生、縁がないかもしれませんね」

「そのようなことはないだろう」

シルヴァンはルネを励ますように、同時に本心でそう思っているかのように言った。その口調にルネは少し驚いて、じっと隣に立つシルヴァンを見つめる。

「おまえが望めば、どこまでも行ける……ここからは見えないところも、ずっとずっと遠くも」

「ずっと遠くって、どんなところなんでしょう」

そう疑問を投げかけたルネは、特にシルヴァンの答えを求めてはいなかった。まるで酒を飲んだかのように、この状況に酔っていたのかもしれない。

「どんな人たちが住んでるんでしょうか。みんなどんな建物に住んでいて、どんな食べものがあるのか……」

「いつかそれを、見に行けばいい」

シルヴァンは言った。彼がじっと、こちらを見つめていることに気がついた。ルネは頷く。

「シルヴァンさまも、一緒に行きましょう」

「私も、か？」

「はい。俺と一緒に、見たことがないくらい遠いところに行くんです」

ルネが言うと、シルヴァンはくすくすと笑った。彼の笑い声が、耳に心地いい。

「俺たち、ふたりだけで。だってこの景色を見たのは、俺とシルヴァンさまだけだから」

「おまえとふたりならば、悪くはないな」

楽しげな口調で、シルヴァンは言った。

「見たことのないものを見て、食べたことのないものを食べる……」

「そうです。楽しみじゃないですか？」

言っているうちに、ルネはなんだかうきうきとしてきた。自分の声が弾んでいるのがわかる。

「ただの物見遊山《ものみゆさん》ではないか、それでは」

「物見遊山でいいんですよ！」

夜の闇に似つかわしくない明るい声で、ルネは言った。

「知らないところを、見たことないところを……いっぱい、物見遊山しましょう」

「ふたりでか」

「そう、ふたりで」

手の上に、温かいものが重なった。シルヴァンの手だ。その厚みに、ルネはどきりとした。

「いつになるかな、それは」

「俺はいつでもいいですよ？　なんなら、これからでも」

そう言うと、シルヴァンは楽しげに笑った。耳に心地いい笑い声に、ルネの胸は温かくなる。

「そうだな……おまえとなら、楽しい旅ができそうだ」

「ありがとうございます。シルヴァンさまとご一緒できたら、楽しいと思います」

ふたりでそう言い合って、また夜の景色を眺めた。ルネの胸はわずかに速く打っていて、それはこうやってふたりで過ごしているからか、それともいつ叶うとも知れない夢の話をしているからか。

「そう、俺、行きたいところがあるんです」

ルネがそう言うと、シルヴァンは不思議そうな顔をした。勢い込んで、ルネは言う。

「ベルタンです。クロードさまに聞きました……ボーアルネにはオメガの園地ってところがあって、そこでオメガは、ひどい目に遭《あ》わされてるって……」

そう言って、ルネは少し洟《はな》を啜《すす》った。そんなルネを、シルヴァンはじっと見ていた。

「でも、そんなボーアルネのオメガたちが救われて、ベルタンで暮らしてるって。どういうところか、俺……見てみたいです」

シルヴァンの瞳を見つめながら、ルネは言った。

「シルヴァンさまの作った町だっていうから、よけいに……見てみたい」

「そのような願いなど、すぐに叶えられる……おまえは、自由なのだからな」

「自由」

シルヴァンの言葉を、ルネは繰り返した。ああ、とシルヴァンは頷いた。

「ここでは、性別による軛《くびき》は存在しない……オメガであろうとベータであろうと、自分の意思で、自由に行動できるのだ」

彼の言葉に、ルネはごくりと唾を飲んだ。シルヴァンはルネを見やって、微笑んでいる。

「では……今度、また」

少し掠れた声で、ルネは言った。

「連れていってください。俺を……ベルタンに」

「そうだな」

シルヴァンは頷いた。

「いつかな。機があれば、喜んで」

「嬉しいです！」

ルネは胸の前で両手を組んだ。そんなルネをシルヴァンは微笑みとともに見つめてくる。

「約束ですよ?」

「私とおまえ、ふたりだけのな」

そう言って、また微笑み合う。ふたりだけの秘密。そう思うと、ルネは胸がどきどきした。

「……おまえは、本当に面白いな」

そう言ったシルヴァンに、ルネは首を傾げた。シルヴァンは、こちらに真剣なまなざしを向けて続ける。

「おまえは、私に会うべくして会ったのだ。それは偶然ではない……おまえがそれに気づくまで」

シルヴァンの言葉は、歌のようだった。ルネは半分夢心地で、それを聞いている。

「私の言っている意味がわかるまで。おまえはずっと、私が守ってやる……」

「シルヴァン、さま」

うっとりと、ルネは彼の名を呼んだ。シルヴァンは微笑み、そして潜《ひそ》めた声でささやいた。

「……忘れるな」

「は、い……」

自分の声が、どこか霞《かすみ》でもかかったようにぼんやりとしている。シルヴァンの言っていることはわかるような、わからないような——それでも彼の声は、心地よくルネの耳に響いた。

そんなルネを、シルヴァンが見つめている。彼は微かに笑って、そして言う。

「このことは、秘密にしておいてくれ」

シルヴァンは、小さくそう言った。たくさん話をした、その中のなにを差して『秘密』というのかルネにはわからなかったけれど、恐らく『全部』だと思った。だからただ頷いて「はい」と言った。

□

城の裏の夜の監視台で、そのような話を交わしてから、ひと月ほどが経ったある日。ルネは、シルヴァンに休暇を取るよう言われた。

「休暇、ですか」

その言葉を、ルネは唖然として聞いていた。

「まとまった時間を与えてやれないのは悪いが、おまえがいなくては私もなにかと立ち行かんのでな……今日、一日だけだ」

「でも……」

シルヴァンの執務机の前で、ルネは迷った。休みと言われても、どうすればいいのかわからない。自室でぼんやり時間を過ごす？　城のまわりを散策する？　しかしじっとしているのは性に合わないし、この辺境の城は森の奥にある。ひとりでうろうろと出ていけば、どんな野生の動物に出くわすかしれない。以前野営をしたときに現れたような獰猛《どうもう》な獣が襲ってこないとはいえないのだ。初めて会ったときシルヴァンでさえ狼たちに襲われていた。

「お気持ちは嬉しいんですけれど、俺、困ります」

「なにが困るのだ」

ルネは少し、首を傾げた。

「あの、やることないですし」

「部屋で、体を休めればどうだ?」

「ぼうっとしてるなんて、退屈でいやです。俺、おやすみなんかいりませんから、いつもどおりに働かせてください」

熱心に言うルネを、シルヴァンは目を細めて見た。そして少しばかり強い口調で言った。

「おまえは今日、休みだ。なぜなら、私が休みだからな」

「シルヴァンさまも、お休みなんですか……?」

ルネが首をかしげると、シルヴァンはなにかを面白がるような表情をする。

「私がいなければ、おまえの仕事はない。だから、休め」

「でも……」

シルヴァンがいないならいないで、執務室の掃除だのなんだの、仕事はある。ルネは怠け者ではなかったから、仕事を見つけるのは得意だった。

戸惑っているルネに、シルヴァンがどこか楽しそうに言った。

「私はベルタンに行く。ベルタンの視察を兼ねて、おまえを連れていってやろう」

「ベルタンですか!」

シルヴァンの作った亡命者の町だ。そこに行けるとあって、ルネの顔は輝いた。ベルタンを訪問することは、ふたりの約束でもあった。

「いいんですか？　俺が、行っても」

「給金の使い道がないと言っていただろう。ベルタンで買いものでもするといい。あちらの者も、喜ぶだろう」

ルネは大きく頷いた。話に聞いたベルタンには、一度行ってみたいと思っていたのだ。給金の使い道もできる。給金を入れた袋は、どこにしまっておいただろうか。

そこに、扉のノックが聞こえる。ルネは扉まで飛んでいく。訪問者はクロードだった。彼は扉を開けたルネにちらりと視線を向けて、シルヴァンに向き直る。敬礼をして、報告事項を伝える。シルヴァンは黙ってそれを聞き、そしてなにごとか指示を告げる。クロードは再び敬礼をした。

「ときに、クロード」

「はい」

彼を呼び、ルネのほうを見て、シルヴァンは言った。

「今日は、国境将軍の代理をしろ」

「……は？」

クロードは、なにを言われたのかわからないという顔をした。シルヴァンはそんな彼に、にやりと笑って言った。

「私は今日、休暇を取る」

「いえ、あの……そんな、突然に？」

動揺を隠しもせずに、クロードはシルヴァンを見あげている。シルヴァンは笑みを浮かべたまま左胸につけた階級章を取り、それをクロードの胸につけた。

「おおお、おやめください！」

「今日はおまえが、国境将軍だ」

「ふざけるのはおやめください！　それに、なぜ私なのですか！　ほかにも任せられる者は……」

「おまえしか考えられないな、クロード」

なおもそう言って、シルヴァンは笑う。クロードは困惑に顔を赤くし、シルヴァンはそんな彼の肩をぽんと叩いた。

「頼むぞ、しっかりやれ。夕刻には戻る」

そう言ってシルヴァンは、唖然としているルネのほうを向いた。

「行くぞ。支度をしろ」

「は、はいっ！」

ルネはクロードにぺこりと頭を下げて、急いで執務室を出た。自室に入って給金の袋を捜し出す。服を着替えてそのポケットに硬貨を入れ、部屋から出るとチュニックに着替えたシルヴァンが立っていて、ルネは「お待たせしました！」と頭を下げた。

「では、行くぞ」

ルネは早足で、シルヴァンについていく。門戸を開けて厩に行く。厩番の手によって準備の整っている馬をシルヴァンが自ら二頭引き出して鞍を乗せ、それぞれ乗馬した。

馬に乗るのは国境の見まわり視察のとき以来だが、視察で何日も乗ったことからだいぶ上達していた。馬も機嫌がいいようだ。

「あの、ベルタンって遠いんですか？」

馬を軽く走らせながら、ルネは問う。シルヴァンは、ルネがついてきているかどうか確認するように振り向いて、言った。

「遠くはない。馬なら、一刻もすれば着く」

「え、じゃあ、馬を出すほどのことじゃなかったんじゃ……」

そう言ってルネは、よけいな口出しだったかと口を噤《つぐ》んだ。しかしシルヴァンは微笑んでいる。

「出かけると言って馬を出せば、遠くに行くものだと思うだろう」

はい、とルネは頷いた。

「ベルタンにいると知られれば、なにかあればすぐに使いが来る。休暇などと言っていられない。馬を駆るような遠くにいると思えば、私がいなくてもクロードあたりが解決するだろう」

「そうですか……」

シルヴァンの考えはわかった。確かにそうしたほうが、休暇を味わえるだろう。ルネは頷いて微笑んだ。シルヴァンも笑みを浮かべている。そしてしばらく馬を走らせたあと、彼が指差した先には石造りの塀が現れた。門が現れた。中にはたくさんの背の低い建物が並んでいる。

「あそこが、ベルタンだ。人口は……そうだな、三百人ほどだ」

「三百人」

それが多いのか少ないのか、ルネにはわからなかった。ルネの出身地であるタクラン村も、そのくらいの人口だと聞いたことがあるような気がする。

ルネは曖昧に頷いて、馬の足を緩めさせた。シルヴァンが馬を止め、それに倣《なら》ってルネも馬を止めて下馬する。すると門の脇から、男がふたり駆けてきた。ベータだ。

「シルヴァンさま、お越しになられるとは！」

「先触れを出していただけましたら、お迎えにあがりましたものを！」

シルヴァンは笑って、手を振った。乗ってきた馬を彼らの手に預ける。ルネも馬を預けると黒い錬鉄《れんてつ》の門が音を立てて開いた。

「わぁ……」

門からずっと奥まで、広い一本の道になっている。その大通りに面した建物は店舗になっているらしく、表に出しているあらゆる品々が色鮮やかにルネを誘う。

「広いんですね……」

「広くはない。この程度の町は、どこにでもある。あまり大きくして、国に知られればことだからな」

シルヴァンの言葉に、ルネは頷いた。確かに、ここが辺境だから亡命者は隠れていられるわけで、町の規模が大きくなれば、人の口の端に乗って中央に知られてしまう恐れがある。

「このあたりになにがある、といえば荒地ばかりだからな。草も生えない礫質土《れきしつど》の地を切り拓《ひら》いて、町にした」

「へぇ……」

シルヴァンが歩くと、歓声があがる。しかしある一定の距離以上は近づいてこない。遠慮をしているのかと思ったけれど、シルヴァンが目を向けた先にいる者たちがしきりに歓声をあげ手を振っているのを見ると、遠慮というのとは少し違うように感じる。

道の中ほどから、五、六人の集団がやってきた。オメガもいるし、ベータもいる。彼らはシルヴァンの前に立つと、丁寧に頭を下げて挨拶《あいさつ》をした。

「ようこそ、お越しくださいました。本日は、視察ですか」

「いいや、個人的に来た。こいつの護衛にな」

シルヴァンは笑いながらそう言って、ルネの頭に手をやった。慌ててルネは、頭を下げる。

「シルヴァンさまの小姓をさせていただいております、ルネと申します」

「おお、それは」

彼らもルネに向かって頭を下げた。順々に名乗った彼らは、オメガが三人と、ベータがふたりだった。

「ルネが、休暇に行くところもない、給金を使うあてもないと言うのでな。それならとベルタンに案内した」

「それはそれは」

一番年嵩《としかさ》に見えるオメガが、目を細めた。

「このように小さな町ではありますが、なんといってもシルヴァンさまのお膝もと。私たちの安《あん》寧《ねい》の地であります。ゆっくりと、休暇を楽しんでいかれるがいい」

「ありがとうございます……」

きゃあ、と甲高い声が聞こえた。そちらを見やると、たくさんの子供がこちらに走ってきている。一番上は十歳くらい、一番小さな子は年嵩の者におんぶされている。ここで生まれた者だろうか、皆、まだ性別が分かれていないらしく、頭の上の耳とかわいらしい尾を持っていた。

「シルヴァンさま！」

「シルヴァンさま、来てくださったんだね！　そっちのお兄ちゃんは、誰？」

子供たちは、大人のような遠慮は見せない。きゃあきゃあと騒いで、シルヴァンを囲む。抱っこしてもらおうと手を伸ばしている者もある。

「こちらは、ルネという。私の小姓だ」

「コショウってなぁに？」

シルヴァンは、一番大きく跳ねた女の子を抱きあげた。女の子は歓声をあげて喜んでいる。

「仕事の手伝いをしてくれる者だ。この間、こちらにやってきた」

「コショウのお兄ちゃん、どこから来たの？」

「あの……タクラン村から」

とりあえずルネはそう答えたものの、女の子はますます不思議そうに首を傾げるばかりだ。

「子供たち、わかっているだろう？　さ、シルヴァンさまを離してさしあげなさい」

大人たちの言うことに、子供たちは不承不承というように従った。女の子はシルヴァンの腕から下り「またね！」と大きく手を振る。子供たちが走っていくのを見送って、大人たちも「それではごゆっくり」と挨拶をして、去っていってしまう。

「あの人たち、は……？」

「このベルタンの自治会の者だ。彼らはここの、もっとも古株だな」

シルヴァンは、大通りを歩き出す。それについていきながら、ルネはふと思い出したことを口にした。

「この間、見まわりに出たときの……ボーアルネの国から来た、オメガの親子の人たち。どうなりましたか？」

シルヴァンは目だけを動かしてルネを見る。何度かまばたきをして、そのことを思い出そうとしているようだった。

「あれから、ベルタンで暮らしている。あれ以降報告も聞かないから、無事に暮らしているものと思うが」

確かめてみようか？　シルヴァンがそう言うのに、ルネは慌てて首を振った。

「いえ、少し気になっただけなので……わざわざ調べていただかなくても大丈夫です」

「そうか」

シルヴァンはそう言って、また前を向いて歩き出す。ルネは、鮮やかな色の干し果物が陳列《ちんれつ》されている店に惹《ひ》きつけられた。店番をしているのは女性のオメガで、彼女に軽快な口調で商品を勧められ、ルネはいつの間にか干しあんずと干しぶどうの袋を手にしていた。ポケットは少しだけ、軽くなった。

いささか唖然としているルネの隣で、シルヴァンがさも楽しげに笑っている。

「そうか、おまえは甘いものが好きか」

「そりゃ、好きですけど……そんなに笑わなくても」

「初めての給金での買い物が干しあんずと干しぶどうとは、なかなかに面白いやつだ」

彼はなおも笑っている。ルネには、シルヴァンの笑いのツボがわからない。

「なんで、そんなに笑うんですか」

「いやいや、森のリスみたいだと思ってな。本当に、かわいらしい」

「ばかにしてる……」

ルネがむっと眉根を寄せると、シルヴァンは大きな手でルネの頭を撫でてきた。

「わっ、わ！」

「ばかになどしていない。本当に、かわいい。そう思うだけだ」

シルヴァンと目が合うと、彼は非常に真面目な顔をしている。こんなシルヴァンを見るのは初めてだったから、それだけで嬉しくなった。シルヴァンはまた、ルネを見つめている。

恥ずかしくて、思わず視線を逸らせた。干し果物屋の隣にはパン屋が、その隣には茶店《ちゃみせ》があった。窓からそっと中を見やると、カップを傾けている者たちが何人もいる。茶葉はどこから仕入れているのだろうか、とルネは思った。

「ねぇ、シルヴァンさま」

その疑問をシルヴァンに投げかけると、彼は目を細めて言った。

「ベルタンに出入りを許している流しの商人からだ。商人たちはこの国をくまなくまわり、商品が余っているところから買い、不足しているところに売る。海のない王都でも魚が食べられるのは、そんな商人が国中をまわっているからだ」

ルネは頷き、また先へ進む。本屋があった。ルネは思わず身を乗り出してしまい、そんなルネにシルヴァンはまた笑う。

「入ってみるか？」

「いいんですか？」

店の扉を開けると、からん、と大きな鈴の音がした。同時になにか心安らぐような、いい芳香が漂ってくる。食べものの匂いとは、また違う。わくわくしながら、ルネは鼻を動かした。

「なにか、匂いがします」

「紙とインクの匂いだ」

ああ、とルネは頷いた。祖母にもらった古い本からも、微かにこのような匂いがするような気がする。ましてや、これほどにたくさんの本があるのだ。店の中がこの匂いでいっぱいなのも不思議ではない。ルネは弾む胸を、ぎゅっと押さえた。

「……いっぱい、本があります」

「ここの店主は、ベルタンができたばかりのころからいるからな」

店主らしい男性が、奥から出てきた。初老のオメガで、ルネを見つめてすぐに目を逸らせてしまう。

「シルヴァンさまがおいでになるとは、お珍しい」

「繁盛《はんじょう》しているか？」

シルヴァンの問いに、店主は含み笑いをした。ルネには店主が、肯定《こうてい》したのか否定したのかわからなかった。

ルネは、店の中を歩きまわる。物語の本、数学の本、建築の本、医学の本。ルネが目を惹かれたのはやはり、薬草の本だ。

「あっ」

シルヴァンが手を伸ばしてきた。彼は沈んだ赤の表紙の本を手にしている。金色で文字が書いてあって、飾っておくだけでもうつくしい本だと思った。

「なんですか、それ？」

「このバシュロ王国の、成り立ちを描いた本だ」

シルヴァンはぱらぱらと頁をめくる。分厚い本だ。たくさん挿絵があって、それでいて文字の部分も多い。読み応えのある本に感じられる。

「シルヴァンさまの、お勧めなんですか？」

「そうだな、この国でまともに教育を受けた者は、皆一度は手にしている本だ」

その言葉に、ルネはどきりとした。ルネはその本を見たことがない。自分はまともな教育を受けてこなかった――そのことはわかっていたはずなのに、なぜかとても傷ついたのだ。シルヴァンは、そんなルネの思いに気がついたのだろうか。

「これは、私からの贈りものにしよう」

「えっ」

シルヴァンはそう言って、店主に本を渡した。店主は「金貨一枚」と言い、ルネは驚いた。

「そ、その本、高いんじゃないですか！」

「まぁ、この分厚さだしな。一家に一冊置くには、手頃なものだろう」

ルネの全財産は、これほどのものが買えるほど多くない（そのうち銅貨五枚は、干しあんずと干しぶどうに変わった）。金貨一枚もの本など、分不相応だ。

「だめです、いけません……俺がお金を貯めて、それから買います」

ふふ、とシルヴァンは笑った。店主が、油紙に包んだ本をルネに渡してくる。シルヴァンは懐から金貨を出した。

「とりあえず、受け取っておけ。おまえがそう言うのなら、私が出世払いにしておこう」

「ありがとうございます……必ず、お払いします」

ルネは本の包みと、果物の包みを両手にして本屋を出た。遠くから、香ばしい食べもののいい匂いがしてくる。

「昼食にするか」

シルヴァンはそう言って、ルネの意見を聞かずに先を歩きはじめた。彼自身が空腹だったのかもしれない。

「シルヴァンさま！」

白く塗られた店に入ると、あちこちから声がかかった。食事をしている者たちの歓声にシルヴァンは軽く片手をあげ、空いている席に座った。

「おまえも座れ」

ルネは、シルヴァンの前にちょこんと座る。白いエプロンをつけたベータの女性が、ふたりのテーブルの前に立った。

「いつものもので、よろしいですか？」

「ああ、ふたりぶん頼む」

店の奥に去っていく女性の後ろ姿を見ながら、ルネはきょとんとしている。そんなルネに、シルヴァンは微笑ましいというように笑った。

「なんのお料理なんですか？」

「白身魚のフライと、じゃがいもだ」

「へぇ……」

道理で、香ばしい匂いがするはずだ。ルネは店の中をきょろきょろと見まわした。老若男女、アルファもオメガもベータもいる。ここでもまた、性別によっての差別などはないことに、ルネは改めて感嘆した。

「お待たせいたしました」

注文を取った女性が、ふたりぶんの皿を運んできた。揚げたての魚の匂いに、ルネの腹が控えめに鳴った。

「すぐに冷めるからな、慌てない程度に、急いで食え」

「はいっ」

まわりの者を見ると、手摑みで食べるのが正しいらしい。ルネはまわりの人たちを見習って、ほくほくの魚を手に取る。ひと口齧《かじ》ると、体に沁み渡るような美味しさが広がった。

「美味しい！」

ルネは思わず叫んだ。

「美味しいです、シルヴァンさま！」

「ああ、知っている」

シルヴァンは薄く微笑みながら頷いて、自分もまた食べはじめる。彼は指を上手に使って、油で汚れる部分も最小限だ。しかしルネはコツがわからず、食べ終わるころには両手が油でとろとろになってしまった。

「あそこに水瓶がある。あそこで洗ってこい」

そう言うシルヴァンは、テーブルに備えつけてあるナプキンで手を拭っただけで、涼しい顔をしている。いつか自分もああやって食べられるようになる、と決意しながら、ルネは水瓶の水で手を洗った。

シルヴァンが支払いをして、店を出る。そのときもシルヴァンは歓声を受け、彼はまた軽く手を振った。

そうやってベルタンの町を堪能《たんのう》し、再び馬に乗ったのは、夕暮れの茜《あかね》が空から垂れ流れてくるような、そんな時間だった。

「興味深いところでした、ベルタンは」

ゆっくりと馬を走らせながら、ルネは言った。

「もっと、ベルタンを堪能したいです。次の休みのときにも、また連れてきてください」

シルヴァンは、ルネの言葉に微笑んだ。彼の笑みを見つめながら、ルネは言う。

「ベルタンが、もっと大きな町になって……バシュロ国もボーアルネ国も、いろんなところで苦しんでいるオメガをすべて、収容できたらいいのに」

「それは、無理だな」

どこか気弱な声で、シルヴァンは言った。ルネは、はっとシルヴァンを見やる。

「あちらから亡命でもしてこない限り、国を越えての行動は難しい。戦争が起こる可能性もある……それは、王の仕事だな」

「じゃあ……シルヴァンさまが、王になればいいのに」

ルネとしては、何気なく言った言葉だった。するとシルヴァンは驚いたような顔をしたあと、少し不機嫌そうに呟いた。

「私に、この国境の地を引き払えと？」

「いいえ、そういう意味じゃありません……！」

慌ててルネは、首を振った。

「それは……困ります。ここから、シルヴァンさまがいなくなるなんていやです」

ルネの隣で馬を駆けさせているシルヴァンは、ルネの顔を覗き込むような仕草《しぐさ》を見せた。彼は薄く微笑んでいて、その表情にルネはどきりとした。

「でも、今の俺が幸せなのは、すべてシルヴァンさまのおかげです。シルヴァンさまはこうやって、人を幸せにできるだけの力がある……ほかのオメガも、アルファもベータも、誰も彼も……シルヴァンさまのお力で幸せになれる。それを俺は、信じています」

「……滅多《めった》なことを、言うものではない」

低い声で、シルヴァンは唸った。それきり彼はなにも言わなくなってしまい、自分の言葉がシルヴァンを怒らせたかとルネは懸念した。

ルネは、よほど心配そうな顔をしてシルヴァンを見ていたのだろう。彼はちらりとルネを見て、そして小さく息を吐いた。

「まぁ、おまえは……ここに来てまだ日が浅い。タクラン村のことしか知らない。自分がなにを言っているのか、わかっていないのだ」

「でも……俺、シルヴァンさまならできると思うんです」

自分が世間知らずであることは、重々承知だ。それでも訴えておかなくてはいけないと思った。

ルネはますます、熱っぽく言う。

「シルヴァンさまなら、すべての、オメガもアルファも、ベータも。みんなが幸せになれる国を作ることができると思うんです！」

「……私を買いかぶりすぎだ」

シルヴァンは苦笑して、肩をすくめる。その複雑そうな表情を前にルネはそれ以上言えなくて、ただシルヴァンの顔をじっと見つめた。

「今日は楽しかった。おまえと話していると、楽しいな」

笑顔になってシルヴァンは、そう言った。

「またしばしば、こういう機会を持とう。楽しみにしている」

「はいっ、俺もです！」

ベルタンの町から馬に乗れば国境の城はすぐで、衛兵の「どこにいらしていたのですか」との質問にシルヴァンは「まぁな」と言うだけで答えず、ルネと目が合うと軽く目配せしてきた。

（ベルタンに行ってたことだ。シルヴァンさまは、誰にも言うなって）

彼の目配せの意味がわかって、にわかにルネは嬉しくなった。

（シルヴァンさまと俺だけの、秘密）

夜の見張り台の上でも、ふたりは秘密の約束をした。これで、いくつめになるだろうか。そのことを思うと、体中に幸せが満ちるようだった。

ルネは夢見心地で部屋に戻り、買ったものを置くと、シルヴァンに勧められた赤い表紙の本をじっと見つめ、そして執務室に向かった。扉をノックしてそっと覗き込むと、クロードが不満げに声をあげていて、それを宥めるシルヴァンの姿に、ルネは思わず笑ってしまった。

第四章

国境の城にあって、ルネは相変わらず忙しい日々を送っている。

ルネが忙しいということは、シルヴァンはもっと忙しいということだ。ルネはシルヴァンの執務室から側近の部屋へ行ったり、訪問者を迎えに待合室へ行ったり、また王都からの使いを迎えて書簡を受け取ったりと一日中働きづめだ。

ルネが不穏な言葉を耳にして足を止めたのは、そんな忙しさが一段落し休憩を許されて、自室に戻ろうかと思っていたときだった。

(ん?)

急ぎ足で通り抜けていたら、気づかなかったかもしれない。廊下の端、人目につかないところに数人が固まっている。手前にいる者たちは体が大きくて、小柄なひとりを廊下の行き止まりに立たせ、それを三人で囲んでいるようだ。

(なにをして……)

「国境軍から、出ていけ」

低い声でそう言うのが聞こえたので、どきりとした。ルネはそっと彼らに近づく。気づかれてはいないようだ。

「おまえみたいなオメガが、兵士だなんて笑わせる」

はっきりと聞こえてきた言葉に、ルネは目を見開く。続けて小さな声が聞こえてきて、なにを言っているのかはわからなかったけれど、それが震えていることは伝わってきた。

「出ていけ。おまえたちは、いるだけで邪魔なんだよ……目障《めざわ》りだ！」

「そうだ、目障りだ！　オメガは引っ込んでいろ、出しゃばるな！」

気づけばルネは、駆け出していた。ルネは廊下の端に駆け寄って、彼らに声をかけた。

「なにしてるんですか！」

その場の者は、皆が振り向いた。三人のベータがひとりのオメガを壁に追い詰め、暴言を吐いていたのだ。責められていたオメガはルネより背の低い、かわいらしい顔をした者で、その大きな目は滲《にじ》む涙に濡れていた。

「……ルネか」

ベータのひとりが、ちっと舌打ちをした。三人は、不愉快そうな顔でオメガに背を向ける。

「面倒なやつに見つかったな」

「シルヴァンさまの、お気に入りとはな」

そのベータが吐き捨てるように言った言葉に、ルネはまたどきりとした。彼らは憎々しげにルネを睨《にら》んだけれど、それ以上なにも言わずに去っていった。

ルネは思わず彼らの背を見送ったけれど、慌てて残されたオメガに目を向けた。責められていたオメガは床に座り込んで、目を擦っていた。

「大丈夫？」

彼のもとに、ルネは駆け寄った。床に膝をついて彼の顔を覗き込む。怪我はしていないようだ。

ルネと同じ年ごろのオメガだ。

「怖かったね……大丈夫？」

座り込んだオメガは、泣き出しそうになるのをこらえているようだった。何度か目を擦り、ひくひくと咽喉を鳴らし、ややあって感情が落ち着いたのかひとつ息を吐いて、そしてルネを見あげた。

「ありがとう……」

「俺は、なにもしてないよ」

そう言って微笑みかけると、彼も薄く笑った。笑うと、とてもかわいらしい。

「ああいうこと……よくあるの？」

ルネが問いかけると彼は少し戸惑って、視線を逸《そ》らせた。そして小さな声で「まぁ……ときどき」とささやいた。

「こんなこと……シルヴァンさまは認めてないからな」

すると彼は、びくりと体を震わせた。まるでシルヴァンを恐れているような反応に、ルネは手を伸ばしてそっと彼の髪に触れた。

「シルヴァンさまが、怖いの？」

髪に触れられて驚いたのか、彼は目を見開いてルネを見た。そして髪が乱れるくらいに、ぶんぶんと首を振る。

「怖いなんて……そんなわけ、ない。シルヴァンさまは、僕たちの救世主だ！」

ルネが首を傾げると、彼は興奮気味に声をあげた。

「僕は、ボーアルネから来たんだ」

彼の言葉にルネは、はっとする。思わずまじまじと彼を見ると彼は少し、微笑んだ。

「親戚と、一緒に。父さんも母さんも、弟も妹も……」

そう言った彼は、指折り数えた。そして小さく洟《はな》を啜《すす》る。

「でも……ここに辿《たど》り着けたのは、僕と……従兄《いとこ》だけだった。ほかはみんな、追っ手につかまって連れ戻されたり……」

聞かされた話に、ルネはぞっとした。思わず目をみはると彼はルネに向かって頷《うなず》いた。彼は少し微笑んだけれど、その笑みには悲しいばかりの影が生まれている。

「でも、従兄と僕は助けてもらえた。この城に居場所をもらって、従兄はベルタンにいるし、僕は国境軍に入れてもらったんだ」

「じゃあ、今は安心なんだね」

ルネが問うと、彼はまた頷いた。しかし彼の表情には、なおも拭《ぬぐ》い去ることのできない影があった。過去のことを思い出して震えているのだろう。ルネはそう思った。

「シルヴァンさまに、ご報告する」

そう言ってルネは、立ちあがった。彼は縋《すが》るようにルネを見あげる。

「そ、それは……」

「なに？　シルヴァンさまに申しあげれば、あんなやつら……！」

しかし彼は、首を振るばかりなのだ。ルネは戸惑った。オメガは立ちあがるとひとつ会釈《えしゃく》をして、そして廊下の向こうに歩いて行った。

(国境を越えようとしても、連れ戻されたり……もしかして、殺されたり、とか)

ルネはぶるりと身震いした。彼の姿は見えなくなってしまい、ルネは休憩する気を失って、シルヴァンの執務室に戻った。

「シルヴァンさま?」

しかし執務室は、もぬけの殻《から》だった。往々《おうおう》にしてそういうことはあるので、ルネは特に驚くことなく、仕事に取りかかった。

シルヴァンは、ルネが執務机の上の書巻を広げて、紙の皺《しわ》を伸ばしているときに部屋に入って来た。反射的にルネは背を伸ばす。

「感心だな、ルネ。いつも悪いな」

「いいえ、これが俺の仕事ですから」

ルネは言って、シルヴァンに微笑みかける。同時に先ほど見た光景、ベータに取り囲まれて責められていたオメガのことを思い出した。

「ルネ」

「……はい!」

シルヴァンはルネに歩み寄り、手を伸ばす。髪をかきまわすように頭を撫でられて、ルネは声をあげた。

「茶を淹《い》れてくれ。少し疲れた」

「はいっ！」

ルネはぺこりと頭を下げて、厨房に走っていく。疲れているというのなら、アシュワガンダの茶がいいだろう。茶の用意をして自室に入り、茶葉を出してくる。ティーポットとカップの載った盆を手に、執務室の扉を叩いた。

「お待たせしました」

シルヴァンはテーブルについて座っており、ルネの淹れる茶を待ちかねているようだ。ルネは手早く茶を淹れて、シルヴァンの前に差し出した。

「ありがとう」

丁重に彼は言って、カップを取りあげる。シルヴァンが茶を飲む姿を、ルネは見るともなく見つめていた。

部屋には静けさが満ちている。ルネの胸は、先日ベルタンに行ったときのことや先ほど見た光景が絡み合って、痛む。ルネは胸に手を置いて、口を開いた。

「この間、ベルタンに連れて行っていただいたとき……俺、あの話はクロードさまから聞いたんです。隣の……ボーアルネでは、オメガはひどい扱いをされてるって」

「そうだな」

静かな声で、シルヴァンは答えた。

「オメガの園地ってところがあるって。なんだか、とってもひどい……本当にひどい話を聞きました」

クロードの話を思い出し、ルネはぶるりと震えた。そんな彼を、シルヴァンはじっと見つめた。

「さっき……廊下でオメガの新入り隊員に会って。その人はボーアルネから逃げてきたって。親類とたくさんで国境を越えようとしたんだけれど、こっちに入ってこられたのは、ふたりだけだったって言ってました」

シルヴァンは、ティーカップを傾けている。その目はどこかを見つめていて、ルネは彼の視線の先を追ったけれど、なにを見ているのかはわからなかった。

ルネは、呟《つぶや》く。

「そういうのって、やっぱりどうにかならないんでしょうか？」

「どう、とは」

シルヴァンの口調は落ち着いている。他方でルネは、話しているうちに気が昂《たかぶ》ってきた。

「そういうところで辛い思いをしている人たちを……助けるとか。そういうふうに、なにかできないのかなって」

「戦争でも起こす気か？」

シルヴァンの言葉に、ルネはどきりとした。思わず背筋がぴんと伸びる。

「戦争なんて、そんな！　そんな……ものすごい話なんですか、これ」

「言っただろう、他国の政《まつりごと》に口を出すような真似は、できかねるな」

なおもゆっくりと、シルヴァンは言う。

「仮におまえがこの国の王で、そのうえでボーアルネの王にそういう進言をするというのなら、話は別かもしれぬ」

シルヴァンの口にしたとんでもない話に、ルネは目を丸くした。

「それでも、他国の方針に介入しようというのだ。相手の判断次第では、やはり戦争になりかねんな」

「そんな……」

なんの気なしに言ったことが、大きな話になってルネは動揺する。そんなルネを、シルヴァンは面白いものを見るように見つめていた。

「で、でも、シルヴァンさまは！」

ルネはつい、声を張りあげた。

「亡命者を匿《かくま》っているじゃありませんか……ベルタンを作って。ここにも……国境軍にも、亡命したオメガを入隊させてる」

「私には、その程度のことしかできん」

シルヴァンは、ふっと息をつく。そのときの彼が悲しげで、ルネはこの話題を出したことを後悔した。

「王は王でも、辺境王にできることは少ない……私の力などこの程度だ」

「でもきっと、やっぱりシルヴァンさまが王なら……辺境だけじゃない、この国を統《す》べる王だったら」

ルネがそう言うと、シルヴァンは皮肉な笑いを潜《ひそ》めてルネを見る。

「ひどい目に遭《あ》わされているオメガたちを、もっと救えると思います……この国も、ボーアルネも……ほかの国のオメガ、すべてを」

「おまえは、私に王になれと言っているのか」

どこか不機嫌そうにシルヴァンは言って、ルネは思わずびくりとした。

「ただそうできたらいいなと思っただけです」

「素直なやつだ」

そう言ったシルヴァンが、口調を和《やわ》らげたのでルネはほっとした。

「俺が今、とても幸せなのは……シルヴァンさまのおかげです」

ティーカップを握りしめながら、ベルタンからの帰り道に言ったことを、ルネは繰り返した。

「俺を幸せにしてくださったみたいに、シルヴァンさまはほかのみんなも幸せにできる……そう信じています。そんなシルヴァンさまにお仕《つか》えできるのは、俺の誇りです」

ルネの言葉に、シルヴァンはなにも言わなかった。なにごとか考え込んでいるような彼に声をかけるのは憚《はばか》られ、ルネは黙って、茶を飲んだ。

「おかわり、いりますか？」

「あ……ああ。もらおうか」

しばらくしてルネがそう言うと、自分のカップが空になっていることに気づいていなかったらしいシルヴァンが答えた。それでもなお彼は自分の思考に沈んでいるようで、なにを考えているのか大変に気になったけれど、ルネはなにも言わなかった。

□

しとしとと、雨の降る日だった。ルネがシルヴァンに連れられてベルタンに行ってから、ふた月ほどが過ぎていた。

辺境の城に、訪問者があった。それを門番に知らされて、ルネは待合室へと走った。

「お出でなされませ」

ルネが頭を下げたのは、緑のダルマティカをまとった初老のベータだった。どことなく侵し難《がた》い雰囲気のある客に、ルネは警戒した。

「シルヴァンさまの小姓を務めております、ルネと申します。ご案内いたします」

「オメガか」

侮蔑《ぶべつ》するように言われてむっとしたけれど、それを顔に出すわけにはいかない。ルネは客を先導し、執務室の扉をノックした。

「入れ」

シルヴァンは、客が誰かわかっているようだった。姿を見ても驚かず、客に椅子を勧める。

ルネはいつもどおり、部屋の隅に控えていた。客は貴族で、カルフォン家の者らしい。そしてシルヴァンは、そのカルフォン家の出身だというのだ。シルヴァンが貴族出身だということにルネは驚いたけれど、よく考えれば驚きに値することでもないのだ。

「陛下が、退位を宣言なさった。それは書簡で伝えたはずだが？」

初老のベータは、そう言った。シルヴァンは、興味なさそうな顔で彼を見ている。

「新王の選出がはじまっている。我がカルフォン家が推すのは、おまえだ。ドミナンスアルファのおまえしか、いない」

「私は、今の仕事に満足しております。王都の政治に興味はございません」

どこか突き放したような丁寧な口調で、シルヴァンは言った。客はもどかしそうな表情で、シルヴァンを見ている。

「王都に戻るつもりはありません。私はここに、骨を埋《うず》めます」

「シルヴァン！」

客は声を荒らげた。ルネはびくりとしたけれど、シルヴァンはそのようなことを意に介してもいないようだ。

「おまえは、ドミナンスアルファなのだぞ!?　今現在、国で唯一のドミナンスアルファだ。おまえが望めば、王位を手にするなど容易《たやす》いものを……！」

「私は、家の道具になるつもりはありませんから」

なおもつれない口調で、シルヴァンは言う。

「私にとっては、ここが故郷。ここが墓。それ以外のことには、興味ありません」

客は顔を真っ赤にして、怒りをこらえているようだ。しかしシルヴァンはちらりと彼を見ただけで、ルネを呼んだ。

「お帰りだ。お送りしろ」

「え」

ルネは驚いて客を見た。彼は帰るつもりなどないらしいけれど、シルヴァンは執務机に向かって書簡を広げはじめてしまい、明らかに客を拒否している。

「あの、こちらに……」

恐る恐る、ルネは客を促した。彼は不満をあらわにしていたがやがて諦《あきら》めたように立ちあがり、不機嫌を隠しもしないで部屋を出た。

城の門まで客を見送り、ルネは執務室に戻ってきた。シルヴァンは仕事に集中しているようだったので声はかけずに、部屋の隅に控えていた。

やがてシルヴァンは顔をあげ、ルネに茶の用意を言いつけた。ルネは急いで準備して、シルヴァンの前にカップを置く。それを口にした彼はひとつ息をついた。

「どうして王にならないのか。そう言いたいのだろう?」

ルネは、大きく目を見開いてシルヴァンを見た。

「世界の成り立ちなど、そう易々と変えられるものではない。変えてはいけないものなのかもしれない」

シルヴァンらしくもなく、気弱な物言いだった。ルネは驚いて、何度もまばたきをした。

「……この世界がこうやって、決められているから。アルファである、ベータである……オメガである。そんなことで決められているというのがいやで、私は逆らったんだ。だから国境兵を志願した」

ルネはなおも驚いて、シルヴァンを見ていた。

「ベータであるからと蔑《さげす》まれたり、オメガであるからと子を産むことだけを期待されたり、アルファなら、王にと。それが当然とされている事実が、辺境《ここ》にはない」

シルヴァンの目は、どこか遠くを見ている。彼がなにを見ているのかルネにはわからなかったけれど、それでもわかったことがあった。

「だから、ベルタンを作ったんですか？」

そうだな、とシルヴァンは答えた。

「作ったと言うか、できた、と言うべきか。あそこは聖域だ。誰にも踏み入れさせはしない……」

独り言のようなシルヴァンの言葉に、ルネは口をつぐんだ。

「そうでなくとも、王都では私の行動をよく思っていない者は多い。ベルタンの存在を知った者の中には、ベルタンに攻め込んで、潰してやろうと策略している者もある。それを実行に移そうとした者も、少なくない」

「そんな……」

ルネは、息を呑む。そんなルネを、シルヴァンはちらりと見た。

「もちろん、そういう輩《やから》は中に入れない。武力行使で攻め入ってきても、国境軍が追い払った。しかしその国境軍も、一枚岩というわけにはいかなくてな……」

シルヴァンは息をついた。先日見た、オメガを責めていたベータのことを思い出す。あのベータたちは、ベルタンのようなところをよしとしないのかもしれない。

「今の私にできることは、ここに築いたものを守ること……私に助けを求めてくる者の手を払いはしない。ここを守りたい。王になどなれば、国の隅々にまでは手は届かなくなる……」

ルネは、シルヴァンのまなざしの先を追った。

「私は……今ある大切なものを、精いっぱい守りたい。今私の手の中にあるものを、危険に晒《さら》すわけにはいかない……助けを求める者は、助ける。しかしそれ以上のことは……」

そこにあったのは空《から》になったティーカップだったけれど、ルネは謎に思っていたことが解けたように感じていた。

（シルヴァンさまが大切にしていること）

それはベルタンかもしれないし、この辺境を治めることかもしれない。しかし恐らく、とルネは考えた。

（性別の意識なく、生きていくこと……誰もが、自由であること）

それを思い、ルネはシルヴァンの瞳を見つめた。彼もルネを見返して、ふたりは静かな部屋の中、視線を交わし合った。

□

それは、王都からカルフォン家の使いが来た日から一週間ほどが経ったころだ。ルネは小走りに、廊下を抜けていた。

待合室に、客があるとの連絡があったからだ。部屋の前で足を止め、ひとつ大きく呼吸をしてからノックする。部屋に入ると、長椅子には緑のダルマティカをまとった若いアルファが座っていた。ルネは丁寧に、頭を下げる。

「お待たせいたしました。俺はシルヴァンさまの小姓の、ルネと申します」

「ルネか、ずいぶんとかわいらしいな。こんな辺境にこんな美人を匿うとはシルヴァンもすみにおけない」

いきなりそのようなことを言われて、ルネはたじろいだ。灰色の被毛の、凜々《りり》しいアルファだ。愛想よく人好きのする笑みを浮かべている。

「シルヴァンもなかなか面食いらしい。どこの出身だ？」

「あの……タクラン村から来ました」

アルファは首を傾げた。知らなくとも無理はない、バシュロ王国の王都から遠く離れた田舎の村だ。彼は立ちあがって、ルネに手を差し出した。

「シルヴァンのところに、案内してくれるかい？」

「あ、はい。ご案内いたします」

いつもの訪問者とはどこか違う雰囲気に、ルネは戸惑いながら歩きはじめた。なんと表現していいものか、今回の来客は妙にルネに馴《な》れ馴《な》れしい。廊下を歩いている距離も近いし、なにかと話しかけてくる。シルヴァンの客となれば自《おの》ずとルネは緊張してしまうのに、彼がそのような人物だからどう対応していいものか、ルネは動揺した。

執務室の扉を叩き、客が来ていることを告げる。シルヴァンは執務机に向かって書簡に目を通しており、客の姿を見るとあからさまに顔を歪めた。

「久しぶりだな、シルヴァン」

「ファビオ……」

そのような表情を見せられても、ファビオというらしい男は気を悪くした様子もない。シルヴァンのもとに歩み寄り、腕を伸ばして彼に抱きついた。

（わっ！）

そのような親しげな様子に、ルネは驚いた。誰もが辺境王であるシルヴァンに敬意を示しこそすれ、そのような態度を取った者を見るのは初めてだった。

「離せ」

シルヴァンは、冷静にそう言った。ファビオは少し不満そうな表情を見せたものの、腕をほどいてルネの勧めた椅子に座った。

「何用だ」

「相変わらずつれないな、シルヴァン」

シルヴァンは決して愛想のいい人物ではない。しかしそれでも長く仕えていると、彼の笑顔を見分けたり、心の中で喜んでいるのだと見抜けるようになってきた。今のシルヴァンは、心の底からファビオの訪問を煩《わずら》わしいと考えている。それではファビオはいったいどういう人物なのか、ルネの胸には興味が湧いた。

「王都は、新王選出のことでもちきりだ」

ファビオは、どこか楽しげにそう言った。

「伯父上が来ただろう？　我がカルフォン家は、おまえを推している。ドミナンスアルファであること、国境警備で積んだ実績……おまえこそが、新王にふさわしい」

シルヴァンは、顔を歪めてファビオを見ている。どう見てもファビオの話を歓迎していない彼を前に、しかしファビオは笑顔を絶やさない。

「私は、王都には戻らない」

「しかしシルヴァン、おまえは一生をこの辺境で過ごすつもりか？　ドミナンスアルファと生まれたからには、果たさなくてはいけない義務というものがあるのではないか？」

「それを、おまえに強制される筋合いはない」

「そうは言うが、シルヴァン」

ファビオは、自分の膝をぽんと叩いた。

「おまえの頭に王位のことがまったくないとは、私には思えないのだけれどなぁ？」

ルネの胸が、どきりと跳ねた。目だけを動かしてシルヴァンを見ると、彼はこのうえもなく苦々しい顔をしている。対照的にファビオは満面の笑みである。

「私たちを焦《じ》らして、試しているのだろう？　おまえを推そうという、私たちの気持ちを？」

（えっ）

ファビオの思わぬ言葉に、ルネは目を見開いた。ファビオはなおも笑顔で、言葉を続ける。

「わかっているよ、おまえはただ、選出に洩れるのが怖いだけなんだ。王になれなかったときのことを恐れて、こんな場所で満足しようとしている。自分は満たされていると、自分に言い聞かせているんだ」

いかにもシルヴァンのことを知り抜いているというその口調に、ルネはむっとした。関係のないルネがそのように感じるのだ、シルヴァンがファビオを怒鳴りつけないのは、どれほどの忍耐だろうと思った。

「しかしおまえの後ろ盾は、カルフォン家だけではない。ドレーク家の支持も取りつけてあるんだ。あそこには今、ドミナンスアルファどころか適齢のアルファもいないからな……」

なにを思い出したのか、ファビオはにやりと笑った。その表情がやたらに下卑《げび》たものに見えて、ルネは眉をひそめる。

「とにかくおまえは、なにも心配しなくていい。王都に戻ってこい。そしておまえが、王になるんだ」

そう言ってファビオは、シルヴァンに笑みを向ける。しかしシルヴァンは苦い顔をしているばかりだ。その表情に、ルネは胸の奥から熱いものがこみあげるのを感じた。

「シルヴァンさまは、国境軍にいなくてはならないかたです！」

気づけばルネはそう叫んでいた。ふたりの視線がルネに注がれる。なおも口は、勝手に動いた。

「王になんて、なりません！」

執務室には沈黙が流れる。ルネはかっかと興奮していて、ファビオを精いっぱい睨みつけた。

「ルネ、控えていろ」

落ち着いた声でシルヴァンは言うが、ルネはすっかり熱くなっていて、その口は止まらなかった。

「でも、シルヴァンさま……シルヴァンさまのお気持ちを無視して、こんな……！」

シルヴァンの青い目に睨みつけられてルネは、はっとした。慌てて口を噤《つぐ》む。部屋に、笑い声が響いた。

「ルネといったか？　面白いオメガだね、おまえは」

ファビオは愉快そうな顔で笑い声をあげ、ルネに向かって手を差し出した。

「なぁ、シルヴァン。おまえが頑《かたく》なままなのなら、せめてこのオメガを連れていってもいいか？」

ルネは目を見開いた。慌ててシルヴァンを見あげると、彼は今までで一番苦い顔をしている。

「そのようなこと、私が許すわけがなかろう」

低い声で、シルヴァンは言った。

「ルネは有能で……私の、大切な小姓だ」

シルヴァンの言葉に、ルネの胸がどきりと鳴った。かっと頬が熱くなる。シルヴァンは目を細めてルネを見つめ、ふいと視線を外した。

（大切だって、言ってもらった）

ルネの心臓は、どきどきと音を立てている。なおもルネを王都へ連れていこうと、シルヴァンに説得を試みるファビオを、シルヴァンは興味なさげにかわしていた。その光景を見やりながら、ルネは深呼吸をして心を落ち着けようとした。

（シルヴァンさまは、俺を憐《あわ》れんでくださっているだけ……俺は単なる小姓で……シルヴァンさまにとっては、それ以上の存在じゃない）

そう自分に言い聞かせる。言い聞かせなくてはいけないということは、ルネはそれ以上のことを望んでいるのだ。シルヴァンに、ただ小姓だと望まれる以上のことを求めているのだ。

（俺は、いつの間にこんなことを……？）

シルヴァンの特別になりたい。シルヴァンにとって唯一の存在でありたい。いつからかルネは、そのようなことを考えるようになっている。今まで何度も、頭の隅ではそういうことを思っていたのだろう。しかしこれほどはっきりと自覚したのは初めてだった。

ルネの鼓動はますます激しくなって、反射的にそこに手を置いた。シルヴァンがそんなルネをちらりと見たけれど、ルネの心の中までが読めたはずはない。ルネは懸命に、平静を装った。

（俺は……図々しい）

胸の奥で、ルネは自分を責めた。

（シルヴァンさまは、王だ。みんながシルヴァンさまを慕っている。俺もそのうちのひとりでしかないのに、こんなこと思って……）

きゅっと唇を噛みしめる。ふいに視線を感じて頭をあげると、ファビオがどこか面白そうな顔をしてルネを見ている。シルヴァンは彼を避けるように窓から外を見ていて、その表情は窺《うかが》えなかった。

「まったく、小姓のきみからもシルヴァンに言ってくれ」

肩をすくめてファビオは言った。

「王になるんだ……望んでなれるものではない。運命の女神が微笑んでいるのに、それを蹴るなんてありえないことだ」

ファビオは、呆れたようにそう言った。シルヴァンの考えを変えようとする意図は変わらないらしく、ルネから視線を離してまたシルヴァンを見やる。そんなファビオに視線も向けないシルヴァンの態度に、ルネは安堵の息をついた。

執務室には報告書を携《たずさ》えた兵士たちが次々とやってきて、シルヴァンは多忙だ。さすがのファビオもいつまでも粘っているわけにもいかないと思ったのだろう。自ら退室すると言い、ルネはほっとした。

「また、来るよ」

ファビオがそう言ったことに、シルヴァンはあからさまにいやな顔をする。そんな彼の反応にもまた安堵しながら、ルネはファビオを先導して城の門へと向かった。

「なぁ、ルネ」

歩きながら、ファビオが話しかけてくる。ルネはファビオを振り返った。

「私と一緒に、王都に来ないか？」

「それは、シルヴァンさまがお断りされたはずですが」

ルネはむっとして、刺々《とげとげ》しくファビオに言った。しかしファビオは気を悪くした様子もない。

「きみの気持ちはまだ聞いていないよ？　どうだ、王都でならこのような場所よりも、もっともっといい暮らしができる」

そう言ってファビオは、ルネの顔を覗《のぞ》き込んできた。彼の一面的な幸福観については、ほとほと呆《あき》れるしかない。シルヴァンは王になることが、ルネは王都に行くことが、ファビオの考える幸せの形なのだ。それを微塵《みじん》も疑っていない。

「王都になんか、行きません」

ルネは冷静に、そう言った。

「俺は、シルヴァンさまの小姓です。シルヴァンさまにお仕えするのが、一番の幸せなんです」

「しかしきみは、王都を知らないだろう？」

どこかばかにするような調子で、ファビオは言った。

「どこぞやの小さな村と、こんな辺境しか知らないんじゃ無理もないけれどね。王都は本当に素晴らしいところだ。あらゆる娯楽も王都にある。それをぜひ、きみに見せたい」

「……それだけじゃ、ないんでしょう？」

ファビオが（彼の一方的な）親切心で、そのようなことを言っているとは思えない。ルネが疑わしい目でファビオを見ると、彼は大きく頷いた。

「もちろんだとも！」

弾むような口調で、ファビオは言った。

「私とて、考えなしにこのようなことを言っているわけではない。きみは、うつくしい」

「……は」

ルネは、ゆっくりまばたきをした。ファビオはもどかしそうに言葉を続ける。

「きみほどうつくしいオメガなら、問題なく王妃になれるだろう。国内すべてのオメガの頂点だ。オメガと生まれて、これ以上に素晴らしいことはない」

「興味ありません」

呆れて、ルネはそう言った。ファビオから視線を離し、門を目指して早足で歩いていく。ファビオは慌ててルネについてきた。

「わかっている。突然王妃などと言われても、実感はないだろうな。しかし私に、私たちに任せていれば問題はない。なんといってもカルフォン家が後ろ盾につくんだ。きみの美貌にカルフォン家がつけば、ほかのオメガに負けることはない」

そう言ってファビオは笑った。しかしルネは笑う気になどなれないし、それどころかますますファビオに呆れるばかりだ。なおも早足に門に向かい、門兵に声をかけて門を開けてもらう。そしてファビオに向かって、頭を下げた。

「ご足労さまでございました」

ルネは訪問者に向けるいつもの言葉をかけたけれど、口調が少し尖っていたかもしれない。

「また来るよ。シルヴァンもきみも、また私に会いたいだろうしね」

不可解なことを言って、ファビオは門前に待たせていた馬車に乗り込む。ルネはやっと厄介払いをした思いで、馬車を見送った。

そしてそのまま、きびすを返す。執務室にはたくさんの兵士たちが報告に来ていた。ルネは早く戻って、いつもの仕事にかからなければならない。


ルネは頭を下げてから執務室を出、夜の廊下を歩いていた。

ファビオの訪問を受けて予定は少々狂ったものの、今日の仕事は、終わった。あとは自室に戻って眠るだけだ。そう思うと気が抜けたのか、大きなあくびが出た。ルネは慌てて、口を手で押さえる。

なにやら忙しく、疲れる一日だった。新しく入った兵士に城の中を案内したり、急な来客があったり、給養員がいないときに届けられた大量の食料の明細を帳簿につける羽目になったり。

自室に入り、見慣れた部屋の光景にほっとしながらドアを閉めようとしたときだ。背後で人の気配がした。とっさにルネが振り向くと後ろから手が伸びてきて、口を押さえられた。

「な、に……！」

強く封じられて、声が出ない。ルネはそのまま引きずられ、ベッドの上に押し倒された。

「誰……！」

「騒ぐなよ」

脅すような低い声に、どきりとした。暗い部屋の中、見あげるとそれは黒い被毛のアルファだった。荒い息をしている。目の焦点《しょうてん》が合っていなくて、まるで酔っているようだと思ったけれど酒の匂いはしない。なにか甘い匂いがした。まとわりつくような不快な匂いだ。

「おとなしくしていろ、痛くされたくなかったらな」

「な、にを……」

「うるさい、口を利《き》くな」

アルファは甘い匂いを漂わせながら、ルネのチュニックの襟もとに手をかけた。びりっと音がして、衣服が破れる。アルファの目の前には、ルネの肌が曝《さら》け出された。

「や、っ……！」

「オメガだ……オメガと、やれる」

アルファはぶつぶつと言いながら、ルネの胸もとに唇を押しつけてきた。獣の牙《きば》で噛みつかれて、ルネは痛みに声をあげる。

「や、め……いた、痛い……！」

押さえつけてくる手は驚くほど強くて、振りほどくことができない。ルネは暴れたけれど、それはアルファを激昂《げっこう》させるばかりだったようだ。

「やらせろ……おとなしくするんだ」

嚙んだ痕をぺろりと舐められ、ルネの全身がぞくぞくと震えた。彼はそのまま衣服を破って、次いで下衣をも無理やり脱がせ、ルネを丸裸にしてしまった。

「やだ……や、あ……っ！」

アルファは両脚の間に膝を突き込み、ルネの脚を拡げさせる。膝でぐいぐいと股間を擦られたが、萎縮しこそすれルネの欲望が変化するわけはない。

「挿《い》れさせろ……おまえ、オメガだろう？　アルファにやられて悦《よろこ》ぶ、淫乱なんだろう⁉」

「ちが……、そんなん、じゃ……！」

強姦されるショックも確かにあったけれど、それ以上にシルヴァンの配下であるはずの、この城にいるアルファが、オメガを性的な対象として見ていることに衝撃を受けた。

（この、匂い……この人なにか、おかしなものでも飲んだ？）

そうでも考えないと、このアルファの愚行《ぐこう》に理由がつかない。また抑制剤が効かなくて、ルネがフェロモンを出している？　否、であればルネ自身にも自分の異変がわかるはずだ。ルネの体調は至って普通だ。抑制剤が効いている。ではこのアルファの吐く不愉快な甘い匂いこそが、この異変の原因なのではないか。

（な、にかがおかしい……こんな……こんな、こと……！）

ルネは全力で抵抗しようとしたけれど、ひとまわり体の大きな彼を振り払うことはできない。

声をあげようとしても、唇を押しつけられて乱暴にキスされて、くぐもった呻《うめ》きを洩らすことしかできなかった。

「ん、ん……っ、ん、んっ！」

両脚の間に、下半身を押しつけられる。アルファの欲望は硬く勃起していて、その感覚にルネはぞっとした。

「やめ、や……あ、あ……っ……」

「抵抗など、無駄だ……やらせろ、オメガ」

男の欲望が、双丘の間にすべり込んでくる。ルネの秘所に先端が押しつけられ、その濡れた感触にルネの肌は粟立《あわだ》った。

このまま力任せに挿入されれば、ルネの体は男を受け入れてしまうだろう。慣らされもしていないのだから、きっと肉が裂けて血が出る。しかしこのアルファが、ルネの痛みになど配慮するとは思えない。

（いやだ、いやだ……いや、いやっ！）

ルネの叫びは声にならず、口に突き込まれた舌に搦《から》め捕《と》られてしまう。強姦される恐怖に、ルネは指先から冷えていく感覚を味わった。

（シルヴァン、さま……！）

とっさに彼を呼んだ。窮地《きゅうち》にあってルネが助けを求めたいと思うのは、そして助けに現れてくれると信じているのは、彼しかいなかった。

——部屋の空気を破る、激しい音がした。

「ルネ!」

その怒声にルネは、はっと目を見開いた。のしかかってくるアルファはそれすら聞こえないのかなおもルネの下肢に腰を押しつけてきたけれど、声の主が大股で駆け込んでくるとその襟首を摑んで引っ張った。

「ばか者、目を覚ませ!」

ルネを襲っていたアルファは、ルネから引き離されてなおも暴れたけれど、声の主が大きな手で彼の頰を引っぱたき、床に叩きつけた。

「ルネ、無事か!」

「あ、あ……っ……」

救ってくれると信じていた彼の姿を前に、ルネは体中の力が抜けていくのを感じていた。思わず涙が溢《あふ》れ、それが頰を伝っていくのがわかる。

「シルヴァン、さま……」

「大丈夫か、ルネ」

シルヴァンはルネを抱き起こし、腕をまわして引き寄せた。その腕の中で、ルネは何度も頷く。

「俺……シルヴァンさまが来てくれるって、思って……」

「ああ、遅くなって悪かった」

ルネを襲ったアルファが、起きあがる。シルヴァンはルネを抱きしめたまま、彼を強く睨みつけた。アルファは目をすがめてシルヴァンを見ている。なにが起こったのか、自分がなにをしたのかわかっていないようだ。

「城内でなにか、異変が起こっている」

シルヴァンは、ぎりっと歯ぎしりをした。そんな彼の怒りに怯え、震えたルネを抱きしめ直す。

「アルファを狂わせるなにか……被害に遭ったオメガは、おまえだけではない」

「な、にか……？」

ルネはシルヴァンの目を見た。そこには燃えあがる怒りの炎があって、それにルネはまた、大きく身震いした。

□

城の中が、少しずつ狂い出している。ルネがおかしくなったアルファに襲われたそののちも、ひと月ほどの間に似たような事件が頻発しているということだ。

クロードからもオメガは城内にいても周囲に気をつけるようにと、注意された矢先のこと。

その日は、一日いい天気だった。

夜になっても空はきれいに晴れていて、星がよく見える。ルネは籠《かご》を抱えて裏の庭に出た。隅にある焼却場に向かい、一日で溜まった籠の中のゴミを焼くのだ。

あたりには誰もいなかった。衛兵は交代時間だろう。いつもの仕事をルネは機械的にこなした。空《から》になった籠を担ぎ、ルネは来た道を戻る。ふと、人の気配を感じた。衛兵が戻ってきたのだろうか。ルネは、挨拶《あいさつ》をしようと顔をあげた。

「……え？」

目の前に走ってきたのは、見知らぬ三人の男だった。その装いも見慣れないものだ。彼らはなにも言わずにルネを囲み、手にしていた籠ごとルネを抱えあげた。

「うあ、あ……あ、ああっ!?」

ルネは叫んだけれど、すぐに口を押さえられてしまう。籠を放り出してルネは暴れたが、三人は屈強な男たちだった。彼らはルネを荷物のように運び、破壊された塀の隙間から城を出る。

いきなりのことにルネは恐慌に陥《おちい》った。そのまま控えていた馬車の中に放り込まれ、それがすぐに動き出したことからすべては仕組まれたことに違いないと感じた。

「なに……いったい、誰……！」

がたがたと走る馬車の中、ルネはやっと解放された。椅子の上に座らされ、体勢を整えてやっと息がつけた。

「誰？　俺を、どうして……」

男たちはベータだった。彼らはなにも言わずに椅子に腰掛けており、ルネがなにを言っても答えようとはしなかった。

(俺は、さらわれた)

彼らの様子を目に、ルネはそう考えた。ぞくりと全身に怖気が走る。いったい誰が、なんのために。先日、城内でアルファに襲われたときのことが頭をよぎる。ルネは恐怖に怯えていた。

馬車は長い時間走り続け、夜明けに停まった。しかしルネは降りることを許されず、ルネをさらった男たちが降り、馬が替えられただけのようだった。

ルネは水の入った壺《つぼ》を与えられただけで、なおも走る馬車に監禁されていた。激しく揺れる馬車の中、気分が悪くなろうが体が痛もうがルネの言葉が聞き入れられることはなく、ルネは荷物のように運ばれていった。

いったいどれくらい時間が経っただろうか。何日も経ったようにも感じたし、ひと晩のできごとであったような気もする。馬車が停まり、扉が開けられた。見知らぬベータの男が、ふらふらになったルネを抱えて表に連れ出す。

「……あ」

「ようこそ、ルネ」

ルネの目に映ったのは、緑のダルマティカをまとった男だった。弱ったルネはその男の顔をすぐには認識できなかったけれど、彼がアルファであることとその話しかたから、はっとした。

「ファビオさま……」

「覚えていてくれたんだね、ルネ」

彼は嬉しそうにそう言って、ルネに手を伸ばした。宥《なだ》めるように髪に触れてきて、ルネはとっさにそれを避けた。

「どうして……俺、を」

震える声で、ルネは問うた。ファビオは微笑んで、優しい声で言う。

「王都は素晴らしいところだと言ったでしょう」

ルネはベータの男に抱えられたまま、運ばれた。目の前にあるのはそびえ立つ白亜《はくあ》の建物で、太陽の光を浴びて輝いている。

確かにルネは、このような豪奢《ごうしゃ》な建物を見たことはない。ここが王都だというのなら、ルネの見たことのない素晴らしいものがたくさんあるところだというのは嘘ではないのだろう。

(いやだ……こんな、ところ)

疲れきった思考で、ルネは思った。

(国境の城に、帰りたい)

「さぁ、きみが来るのを首を長くして待っていたんだ。疲れただろう、ゆっくり休むといい」

ファビオはルネを、建物の中に招き入れる。よろよろとするルネの手を、ファビオが取る。入り口の白い石でできた階段を登ると、重厚な大きな扉が開けられた。ルネの目の前には深紅《しんく》の絨毯《じゅう》が敷き詰められた広い空間がある。奥には二階に向かう階段があって、手すりに細かい模様が彫り込まれているのが目に入った。

ルネの気持ちとしては、今すぐにでも国境の城に帰りたい。しかし長い間馬車に揺られていた体はどうしようもなく疲れていて、自分で歩くことさえままならなかった。

階段を登り、手前からふたつめの部屋に招き入れられる。そこは驚くほど広い部屋で、皺ひとつなく整えられた大きなベッドが置いてあった。奥から温かい湯気が流れてくる。ルネは初めて、メイドに手伝われての入浴というものを経験した。

旅の汗を流すとかえって疲れたように感じながら、ベッドに案内される。ふかふかのベッドに横になると吸い込まれるように眠りに落ちて、目覚めたとき、自分がどこにいるのかわからなかった。

「……え」

目に入ってきたのは、国境の城の自室の光景ではない。ゆっくりと起きあがって、傍《かたわ》らに細かい細工のされた豪奢なテーブルと椅子があるのを目にして、なにがあったのかを思い出した。

「ああ……俺」

ルネは、さらわれたのだ。突然馬車に押し込められて、王都まで連れてこられた。犯人はファビオだった。シルヴァンは王になること、そしてルネは王妃になることが正しいことだと信じているファビオだ。実力行使に出たのだろう。

シルヴァンは無事なのだろうか。ルネのようにとらえられてはいないのだろうか。

ルネはベッドから降りて、カーテンを開けた。眩《まぶ》しい光が入り込んできて、驚いて何度もまばたきをした。鮮《あざ》やかな緑の庭園が見える。思わず景色に見とれていると、扉がノックされてメイドが入ってきた。

「お目覚めですか、おはようございます」

「おはようございます……」

ルネと同じくらいの歳ごろのメイドは、ルネが乱したベッドをてきぱきと折り返した。続いてタオルを持ったメイド、白のダルマティカを持ったメイドが入ってきて、洗顔と着替えを手伝われた。

「ファビオさまが、お待ちでいらっしゃいます」

彼の名を聞くと不愉快さしか浮かばないけれど、会って話を聞かないわけにはいかない。ルネは頷いて、メイドについて部屋を出た。

ふかふかの絨毯が敷かれた廊下を歩き階段を降り、案内されたのはこれまた広い食堂だった。長いテーブルがあって二十人ほどが一緒に食事ができそうだったけれど、今は奥の席にひとりぶんのカトラリーが置かれているばかりだった。

ルネはその席に着くように言われた。メイドに抵抗しても仕方がないのでおとなしく座ると、湯気の立つ紅茶が出される。手にすると、その温かさが身に沁みた。

続けてチーズを乗せて焼いたパン、トマトの色合いが鮮やかなサラダ、ゆで卵にコンソメスープが用意され、するとルネの腹が盛大に音を立てた。

恥ずかしさを押し殺しつつ、カトラリーを手に取った。いったん口をつけると耐え難く空腹がルネを襲い、しっかりと噛むことがもどかしいほどだった。

もうすぐで皿を空《から》にしようというときだった。食堂に数人の、緑のダルマティカをまとった者たちが入ってきた。アルファもベータもいる。先頭にいたのはファビオで、その後ろを歩いているのがやはりシルヴァンに会いに来たカルフォン家の者だということに、ルネは気がついた。

「落ち着いたかな、ルネ」

相変わらず馴れ馴れしい口調でファビオが言う。彼はルネの隣の椅子を引いて座り、ルネの顔を覗き込んできた。ほかの者たちも席に着き、食堂には奇妙な緊張感が満ちた。

「改めて、ようこそ。ここはカルフォン家の本家だ。私は主にここで暮らしている」

ルネはファビオを見返した。彼はにっこりと笑って、続ける。

「ルネも、ここで暮らすんだ。近々きみを正式にカルフォン家の養子にする。きみはカルフォン家のオメガとして王宮にあがる。きみが王妃になるには、それが一番いい方法だ。誰にも文句は言わせないよ」

まわりの者が頷いている。ファビオは自分の発言に満足しているようだ。ルネは啞然として、大きく目を見開いた。

「なんですか、それは」

「ん？」

ファビオは首を傾げた。

「どうして俺が、王宮にあがるんですか。王妃の件は、俺はいやだと言ったはずですが」

「ははは」

なにか面白い冗談でも聞いたかのように、ファビオは笑った。ルネは思わず、眉をひそめる。

「遠慮しなくていいんだよ。確かにきみを王妃としてあげることで我がカルファン家にも利はあるが、そのことばかりを考えているわけではない。きみみたいなうつくしいオメガなら、王妃になって当然だ。その手伝いができることを、私たちは幸せに思っているよ」

「は……」

ルネは頭を抱えたい気分だった。シルヴァンのことといいルネのことといい、ファビオは根本的に勘違いをしている。ふたりが王や王妃になることが最良だと信じて疑わないのだ。ふたりが拒否するのが本心からだとは、夢にも思っていないのだ。

「……俺は、王妃にはなりません！」

大きな声で、ルネは叫んだ。ファビオが少し驚いた顔をして、ルネを見ている。

「王妃にもならないし、ずっとここにいるつもりもない。俺は、国境の城に帰るんです……帰してください。いや、自分で……自分の力で、帰る！」

ルネは目に力を込めて、じっとファビオを見つめた。ファビオはなにを聞かされたのかわからない、というように不思議そうな顔をしている。ファビオの考えはルネには想像できないほどにずれているのだ。

「あ……シルヴァンさまは!?」

ルネは声をあげた。こんなにも乱暴な方法でルネをさらってきたファビオたちだ、シルヴァンにもなにか危害を加えているのではないかとルネは焦燥した。

「シルヴァンさまにも、こんなことしたんですか？　無理やり馬車に押し込めて、さらって……！」

「残念ながら、シルヴァンにはその隙がなくてね……」

心の底から残念そうに、ファビオは言った。そう言われて、ルネは自分の迂闊《うかつ》さを恥じた。

「シルヴァンも王都に帰ってきたがっている、それはわかっているんだ。しかしなまじ辺境暮らしが長かったものだから、すぐには後任が見つからないんだろうね。そのようなことはどうでもいい、早く王都に戻ってくればと、私は思っているのだが」

シルヴァンは、ルネのようにさらわれてきてはいないらしい。そのことにはほっとしたけれど、しかしルネはいきなり姿を消したのだ。シルヴァンは心配してくれている——だろうか。そうならいいと思う気持ちと、彼に迷惑をかけたくないという気持ちが、せめぎ合った。

「さしあたっては、ゆっくりするといい」

鷹揚《おうよう》な口調で、ファビオは言った。

「王宮にあがるには、ちゃんとした礼儀作法も必要だからね。文字は読める？　ここでは、そういったことを学ぶといい。きみは、そういうことは知らないだろうからね」

その口調に、ばかにされたような気になった。いったいルネはどのような顔をしたのか。ファビオはにこりと微笑んで、ルネの手に自分の手を重ねてきた。

「やめてください！」

反射的にルネは彼から飛びのいたがファビオは気にした様子もなく微笑んでいる。ルネはこの人物がひどく恐ろしくなってきた。独り勝手な価値観を持ち、それが最良と信じて疑わない。それを悪気なく他人に押しつける。自分の勝手な思い込みが他人を振りまわしているということに気がついていない。国境の城にもさまざまな人間がいたけれど、こんなに始末に負えない人間は初めてだ。

ファビオたちは食堂を出て、その後ろ姿にルネはため息をついた。残っていた紅茶を飲み干すと、メイドたちが空《から》になった皿を下げてくれる。ルネは立ちあがり、食堂を出た。

「庭に、出たいんですけれど」

ルネがメイドにそう言うと「かしこまりました」と頭を下げられた。彼女はどこかに消えて、ルネはひととき、ひとりにされた。

（ひとり……！）

ルネは慌てて、まわりを見た。庭園の一面の緑には隙間もない。しかしルネは、どこからか外に出られるのではないかと目を凝《こ》らした。

生け垣の下に、小さな穴がある。小動物の出入り口にも見えるが、ルネは小柄だ。穴を掘って大きくすれば、あそこから出られるのではないだろうか。

（……！）

ルネは駆けていって、穴に顔を突っ込んだ。やはりルネがいくら小柄でも、入り込むのは無理だった。必死になって土を掘っていると、後ろから声をかけられて飛びあがりそうになった。

「ルネさま……？」

「あ、……」

そこにいたのは革鎧《かわよろい》をまとったふたりの衛兵だった。彼らはルネがなにをしているのか本気でわからなかったらしく、不思議そうな顔をしてこちらを見ている。

「ルネさまの護衛をさせていただきます」

彼らは仰々《ぎょうぎょう》しくそう言って、頭を下げた。ルネは逃げようとしているのだ、護衛兵などいらないと思うのに、彼らはルネから離れるつもりはないらしい。

「はぁ……よろしくお願いします」

改めてまわりを見ると、一面の緑が広がっていた。深呼吸をすると、気持ちのいい空気が肺に流れ込んでくる。

石でできた道を歩いていくと、緑はますます濃くなった。立木には色とりどりの花が咲いていて、観賞用の植物には詳しくないルネもひととき焦燥を忘れてそのうつくしさに見とれ、しょっちゅう足を止めては赤に黄色、青に白の花々に見入った。

「あれは、どなたですか？」

脚立《きゃたつ》に乗って、大きな鋏《はさみ》を使っている初老のベータがいる。彼はぱちぱちと音を立てながら、立木の枝を伐《き》っていた。

「庭師です。毎日、庭木の剪定《せんてい》をおこなっています」

ルネは不思議な思いで、庭師を見ていた。国境の城のまわりにも緑が茂っていたが、庭師などという者はいなかった。それらの木々は毎日の日光に伸び伸びと枝を伸ばし、どこまでも自由だと感じられた。この庭の緑はうつくしいが、自由という点では少しばかり窮屈《きゅうくつ》そうに見える。

「こんにちは」

ルネが声をかけると、庭師は不思議そうな顔をして挨拶を返してきた。ルネは庭師の手もとを覗き込み、二、三質問をすると、快く答えてくれた。

そのままルネは、緑の庭園を歩いていた。先ほどの穴のように、どこか出られる場所はないかと目を凝らしているのだけれど、なかなかそのような場所は見つからない。おまけに衛兵はルネにぴったりとついてきて、隙はまったく見当たらなかった。ルネは息をついた。

「お疲れですか？」

衛兵に声をかけられ、ルネは顔をあげた。地面から慎ましく伸びているアルストロメリアを見つめていたのだけれど、そうやって声をかけられると、確かになんだか疲れたような気がする。なにしろ王都までの道、休憩も許されずに馬車に揺られてきたのだから当然かもしれない。

「そうですね、疲れたかも」

「それでは、お部屋までお供《とも》いたします」

ルネはうんざりしたけれど、彼らも命令されてやっているのだ。ルネは来た道を戻り、屋敷の前にまで戻った。するとそこでは面倒を見てくれているメイドたちが立っていた。ルネが帰ってくるのを待っていたのかと思うと、申し訳ない気持ちになった。

「あの……ありがとうございます」

彼女たちにルネは頭を下げ、メイドたちも会釈してきた。衛兵たちは表に残り、ルネが屋内に入るとメイドたちが後に従ってきた。

「お茶のご用意をいたします」

「ルネさまは、お部屋でお待ちくださいませ」

「はい……」

ルネはひとりのメイドに付き添われて、昨夜案内されて眠った部屋に入った。クッションの効いた椅子に座ると、体が吸い込まれるような気がした。その体勢のまま、ルネは目を凝らして部屋の隅々までを見る。ここは二階だから、窓から飛び降りるのは無理か——いや、地面は柔らかい芝生だ。二階程度の高さからの落下なら、ルネの体を受け止めてくれるだろう。問題はその先、庭のどこに抜け出せる場所があるかということだ。

大きく息を吐きながら窓からの光景を見ていると、いい匂いがしてくる。メイドが茶を運んできたのだ。香り高い紅茶は、ルネの気持ちを少し穏やかにしてくれた。

「ルネさまは、お屋敷の中、どこにいらっしゃってもいいと。ファビオさまが」

このような扱いには慣れない。小さくなって茶を飲んでいるルネに、メイドが言った。ルネは、首を傾げる。

「もちろん、お住まいになっているかたのいるお部屋はいけませんが。美術室や、図書室など」

「そんなお部屋があるのですか」

ルネは、ぱっと顔を輝かせた。そんなルネの表情に、メイドは少し微笑みを見せた。

「図書室に行きたい。いいですか？」

「もちろんです」

ルネは急いで茶を飲み干し、立ちあがった。ルネにとって本といえば、祖母から譲《ゆず》り受けた薬草の本。ベルタンに行ったときシルヴァンに出世払いで買ってもらった歴史の本。図書室にはもっとたくさんの本があるだろう。メイドの言葉に、興味をそそられた。

部屋を出て、広い廊下を行く。いくつか角を曲がって、ここでメイドが姿を消してしまえばルネは確実に迷子になる、と思ったくらいややこしい廊下の先に、大きな扉があった。

「こちらでございます」

「わぁ……」

ルネは思わず、声をあげた。大きな部屋は、高い天井までびっしりと本で埋められていた。上のほうの本を取るためだろう、背の高い梯子《はしご》がいくつもある。出入り口には、白髪のベータが眠そうな顔をして座っていた。

「ここの本、どれを読んでもいいんですか?」

「ご自由にどうぞ」

メイドは頭を下げた。番人であろう白髪の男はルネたちに気づいたようで、はっと顔をあげて会釈をした。

ルネは中に入っていった。今までに読んだことのある本は、祖母からもらった薬草の本と、赤い表紙の歴史の本だけである。ルネは棚の端から次々に背表紙に目をやって、歴史、文学、詩、建築、数式、物理、医学、調理、地理、あらゆるさまざまの本を目にして、眩暈《めまい》がしそうになった。シルヴァンがどの家庭にも一冊はあると言った、あの赤い表紙の歴史の本もちゃんとあった。

「あ」

ルネの目に留まったのは、薬草の本だった。そっと引き出した青い表紙の本は分厚くて、持っているだけで重いと感じてしまうほどだ。

中を開くと、うつくしい挿絵とともに、あらゆる薬草の効能が書いてある。ルネが知っているものもあれば、知らないものもあった。

「へぇ……」

祖母からもらった薬草の本は大切にしているけれど、それ以上にルネの興味を惹きつけるものがその本にはあった。知っていることは復習し、知らないものは懸命に頭に叩き込む。

実際の薬草を見ることができれば、もっと理解が深まるのに。この屋敷の庭には、薬草はあるのだろうか。実物と照らし合わせてその効能を確かめることができればいいのに。

「ルネさま、晩餐《ばんさん》の時間です」

メイドが声をかけてきたのに、ルネは驚いて顔をあげた。メイドはどこか呆れたような顔をして、ルネを見ている。

「食事……？」

「もう、夕刻です」

言われてルネは、はっと顔をあげた。図書室に入ったときはまだ明るかったのに、すでに薄暗くなっている。道理で少し、手もとが見にくくなっていたはずだ。ルネは何度も、ぱちぱちとまばたきをした。

「気づかなかった……」

「ルネさまは、読書がお好きでいらっしゃるのですね」

微笑ましいというように、メイドは言った。ルネは少し恥ずかしくなって、本を閉じるともとの棚に戻した。

番人の男に挨拶をして、部屋を出る。また長くてたくさんの角を曲がる廊下を歩き、ルネは与えられている部屋に戻った。晩餐の前に着替えるという。ルネは白いダルマティカを与えられた。色は今までまとっていたものと同じだけれど、刺繍《ししゅう》の意匠《いしょう》が違う。脱いだ服の刺繍も見事であったが、新しいものも金糸を織り込んだ豪華なものだ。

ルネは恐る恐るそれに腕を通し、食堂に案内される。そこには五人ほどのアルファやベータがいて、入ってきたルネをじろりと見やった。奥の席にはファビオがいた。

気後れしながら彼らに頭を下げ、案内された席に座る。すぐに手もとに食前酒が置かれ、ルネはそれを手にしてひと口飲んだ。甘い、さくらんぼの匂いのする酒だった。

「疲れは取れたかな、ルネ」

そう言ったのは、ファビオだった。ルネは「はい」と小さく頷く。ファビオは、満足そうな顔をした。

「今日は、なにをして過ごしたのかな。庭園にいるのはお見かけしたが」

「お庭と……図書室にいました」

「ほぉ、図書室に」

ファビオはそう言い、まわりの者も驚いたような声をあげた。その驚きは、なにゆえなのか。ルネは少しだけむっとして、そういえば今朝ここで「字は読めるか」と言われたことを思い出した。

食堂の席に着いている者たちの前に、小さな皿が置かれる。トマトを形のまま煮込んだもののようで、美味しそうな匂いがした。

「興味のある本は、あったかな」

「ええ……薬草の本を、少し」

「ルネは、薬草に興味がある？」

「はい」

ルネはそれ以上言わなかった。ファビオやほかの者たちはしきりに感心した様子を見せていたが、彼らを喜ばせるのは本意でないので黙っていた。

「未来の王妃が、薬草に明るいとは。それは、誇るべき知識では？」

「そうですね、いざというときに役に立つ知識ですな」

人々は、口々にそう言った。ルネは話を聞き流して食事を進める。じゃがいものポタージュはとても香り高く、ルネの舌だけはずいぶんと満足した。

「しかしルネには、もっといろいろなことを覚えてもらわなくてはならない。字が読めるのなら話は早い、すぐにでも家庭教師をつけて王妃としての知識を高めなければ」

勢い込んで話す初老の男をルネは、はっとした気持ちで見た。知識を得ることはやぶさかではない。しかしそれはなにも王妃になるためではなく、純粋に知識を得たいという気持ちからだったのだけれど、そんなルネの表情を見て、ファビオが嬉しそうな顔をした。

「ルネも、その気のようですね」

家庭教師のことを言い出した男は、にこにこと笑った。しかしルネは彼を喜ばせるつもりはなかったので、そっちのほうを見なかった。

「ますます頼もしい。次代の王妃は、もう決まったようなものだ」

食堂は穏やかな笑いで満たされ、そんな中で顔を歪めているのはルネだけだ。

「ルネを見つけ出したファビオは、賞賛されなくてはならんな」

「いやいや、私はシルヴァンを口説きに行っただけで」

ファビオは謙遜《けんそん》した。心からそう思っているのかどうかは、わからなかったけれど。

「そのシルヴァンも、王になりたがっているのはわかっているんだ。シルヴァンはただ、国境将軍の後任がいないことを懸念しているだけなんですからね。王都に戻ってくるのももうすぐだ」

とんでもない、とルネは胸の中で叫んだ。シルヴァンが王位などに興味がないことは、ルネはよく知っている。シルヴァンが自ら王都にやってくるはずなどない。しかしファビオの口調は自分の言っていることを確信していて、そのことにルネはいらいらした。

「ルネはうつくしい。きっと、さらに素晴らしい……うつくしい子を産むだろう」

ルネを検分するように見て、ベータのひとりがため息をついた。

「早く見てみたいな。それこそが、オメガの本分だろう」

その言葉にルネはぞっとしたけれど、しかしその場は沸き立った。オメガだから、アルファの子を産む。それが当然だと思われているこの場の空気は、ルネにはあまりにも気詰まりだった。

一方的に決めつけた話題で、食事の時間は流れていった。そのことが不愉快でたまらない。せめて、とルネは食事に集中し、素晴らしい料理を堪能しようとした。

窓の外には、黒い夜が広がっている。

不愉快な夕食のあと、ルネは頬杖をついてその光景を眺めていた。夜更けだとはいえ、庭園にはところどころ篝火《かがりび》が焚《た》かれている。だから真っ暗だということはないけれど、それでも闇が迫っていることは変わりない。

今は何時くらいだろうか。就寝前の挨拶をして、メイドたちが出ていってからもうどのくらい時間が経ったのか。一向に眠気はやってこない。昨日の夜は馬車で乱暴に運ばれたせいで、泥のように眠ったのだ。あの長い睡眠のあとでは、なかなか時間どおりに眠るのは難しい。

(国境の城に、帰りたい)

頭の中で同じ言葉を繰り返し、ルネのその思いはだんだんと大きくなった。今にも弾けそうだ。とっさにルネはまわりを見まわした。部屋にはひとり、誰もいない。ルネの部屋は二階で、飛び降りることは不可能ではない——昼間も考えたことを胸にルネは窓から顔を出して、まわりを見まわした。

白亜の館は、外壁にも装飾が施してあった。庭の篝火に照らされて、その装飾の突き出した部分に足を乗せて、下りることはできないだろうか。

「……っ」

ルネは少し、身を震わせた。恐怖はあるがここにいるつもりはない。ルネは息を呑み、そして窓の桟を跨《また》いだ。装飾を掴み、体重を移すともうひとつの装飾に右足をかける。左足も踏ん張ると外に出ることに成功した。

（やった！）

しかし喜んでいる場合ではない。この先が問題なのだ。うまく下まで伝い下りることができるだろうか。ルネは慎重に足を進める。冷や汗が、こめかみを伝った。

「あ、ああっ！」

足を踏み外しそうになって、思わず声があがる。声はあたりに響かなかっただろうか。ルネはきょろきょろとまわりを見まわし、またそろそろと下りはじめる。

「あ、っ！」

突然かあっと、暗闇が破られた。反射的にルネが目をつぶると、引っかかっていたところから指が離れる。あ、と思う間もなくルネは壁からすべり落ちた。そのまま地面に叩きつけられることを覚悟したのに、誰かの強い腕に抱きとめられた。

「……あ？」

自分の置かれている状況が、理解できなかった。ルネは首を動かし、いきなり明るくなったのは目の前のランプの光のせいで、ルネの体を抱えているのは衛兵だということに気がついた。

そんな中、一歩踏み出してきたのはファビオだ。いつも愛想のいい彼が、怒りに表情を引きつらせている。

「ずいぶんと、大胆な手に出るのだな」

ルネは、地面に下ろされる。ファビオの後ろには食堂で見た面々が揃っていて、まるで皆でルネの脱出を監視していたかのようだった。

「おとなしくしていると思ったら、こんなことを計画していたのか」

「あ、の……」

言い逃れなどしようがなかった。ルネは戸惑い、後ずさりをしたが、そんなルネの顔の前に、ランプの明るさが突きつけられた。

「まぶし……」

「きみがそのつもりなら、こちらにも考えがあるよ」

ファビオは、引きつったままの顔で言った。

「きみが私たちに逆らうようだったら、話を広めるよ。シルヴァンは国境で兵を集め、国に対して反乱を企《くわだ》てている、とね」

「そんなこと……！」

ルネは思わず、声をあげた。

「シルヴァンさまが、そんなことを考えてるわけがない！　シルヴァンさまは、国を守るために毎日働いて……！」

「ルネ、きみ次第なんだよ」

ファビオは、聞いたことのないくらいに低い、恐ろしい声で言った。

「きみがおとなしくしていれば、私たちはなにも言いやしないよ。きみ次第だ。きみがシルヴァンの命を握っている」

「……あなたたちは、シルヴァンさまを王にしたいのではないのですか」

ルネは、ごくりと息を呑んだ。そしてそうささやく。

「王になる人が、反乱の意図を持っているなんて……そのようなことを公《おおやけ》にすれば、王としてふさわしくないと見なされるのでは？　カルフォン家にとっては、まずいことにはならないのですか？」

ファビオは驚いたようにルネの言葉を聞いていたが、すぐに声をあげて笑いはじめた。ルネはむっとする。

「今の私たちが望んでいることは、ルネ。きみが王妃になることだ」

ファビオの言葉に、ルネは目を見開いた。

「きみを王妃候補として、大々的に世間に知らしめる。まずはそれが先決だ。きみが王妃候補になれば、シルヴァンは黙っていないだろう。そうやってシルヴァンを引き寄せる。きみが王妃候補であれば、シルヴァンは王位を断らない。シルヴァンはあの辺境の城を見捨てられないだけで、後顧《こうこ》の憂《うれ》いがなくなれば喜んで王になるよ。きみが王妃候補ならなおさらだ。流した噂など、シルヴァンが王にさえなればかき消すのは簡単だ」

「そんなはずは……」

後顧の憂いがなくなる、とはどういう状況を指しているのだろうか。そしてなによりも、シルヴァンが自ら王になろうとするなんて考えられない。ルネは眉をひそめてファビオを見た。するとファビオは、にこりといつもの笑顔になった。それがルネには怒りの顔よりも恐ろしく見える。

「私は、シルヴァンのことは子供のころから知っている。シルヴァンの考えなど、お見通しだよ」

彼は、なにもかもを把握しているというように、にやりと笑う。その笑顔に、ルネは身をわななかせた。

(ファビオさまは、なにかを企《たくら》んでいる。シルヴァンさまに害をなすような、なにか)

それを思って、ルネはまた震えた。

(あのとき……俺が城で、アルファに襲われたとき。シルヴァンさまは、城でなにかが起きてるっておっしゃってた……あれは、ファビオさまの企みに関係するの？)

そんなルネを横目で見て、ファビオは言った。

「わかったんなら、おとなしく部屋に戻りなさい。こんな時間に外をうろうろしているものではないよ」

ルネは俯《うつむ》いてしまう。そんなルネの背を、ファビオが押した。ルネは彼が促すままに歩き、部屋に戻った。部屋にはメイドがいて、汚れた足を洗ってくれた。

ベッドに入るように勧められ、意気消沈したままに言われたことに従う。ルネを王妃候補に仕立て、そしてシルヴァンを王位につける——ルネが人質にされたからといって、シルヴァンがファビオの罠にかかるとは思えない。しかしファビオは、シルヴァンは王になりたがっていて、ただ辺境の城を見捨てられないだけなのだ、という考えに凝り固まってしまっているのだ。

(王妃になんてなりたくないし、俺が王妃ならシルヴァンさまが王位に就くなんて、そんなこと

もありえない）

柔らかい寝具の中で、ルネは大きく寝返りを打った。高価そうなベッドは、軋《きし》みひとつ立てなかった。

（でもファビオさまは、どんな手を使っても俺を王妃にするだろう）

それがどんな手段なのか、ルネには見当がつかない。しかしファビオは本気だ。たとえ薬を打って、ルネを人形のようにして――シルヴァンがルネを追ってくれば、なにをもってしてもシルヴァンを王にする。シルヴァンが来なければ、反乱の意があると訴えて彼の進退を危うくする。

（どっちにしたって、俺は無理やり王妃にされる）

その考えに、ルネはぞっとした。

（たとえ王がシルヴァンさまでも、シルヴァンさまと夫婦になったって、俺たちが幸せになれるとは思えない……シルヴァンさまが大切にしている辺境の城、ベルタンの町……そこから離れて、幸せになれるはずがない）

ルネは、きゅっと唇を噛んだ。

（でも……いっそ俺が、王妃候補になれば……シルヴァンさまには、危害が及ばないんじゃないか……？）

それはもっともな考えに思えて、ルネは大きく身を震わせた。強く目をつぶる。

（……知らない誰かのものになるなんて、ぞっとする）

その想像は、考えるだけでおぞましいものだった。

（シルヴァンさま以外、なんて……俺はシルヴァンさま以外、考えられない……！　それはシルヴァンさまが素晴らしくて尊敬できる人だから……）

枕に顔を埋め、震える体に力を込めた。やがて眠気がルネを襲ったけれど、見る夢は筋の通らない、不愉快なものばかりだった。

□

次の日もこの屋敷から、いかに脱出するべきか――ルネはずっと、そのことを考えていた。

もう何度、同じことを思ったのかわからない。ルネの頭にはずっと国境の城のことが――シルヴァンのことがあって、それを忘れることなどできなかった。

（シルヴァンさまのおそばにいたい。今までどおり、小姓としてお仕えしたい）

しかし昨日、脱出に失敗した身である。おまけにここは王都で、ルネには右も左もわからぬ場所だ。仮に脱出が成功しても、ルネはどこに行けばいいのかすらわからない。国境の城はもちろんのこと、故郷のタクラン村にも行けないだろう。

ルネは、銅貨の一枚も持たぬ身だった。徒歩で逃げるには限界があるし、その間に再びつかまってしまうかもしれない。そうすれば監視は、ますます厳しくなるだろう。それでもルネは、諦めたくなかった。ずっと、この囚われの境遇《きょうぐう》から逃れる方法を考えている。

「……ああ」

ルネは大きくため息をついた。同じことは、何度も考えた。しかし考えれば考えるほど、ルネは自分が窮地に追い込まれていることを理解する。抜け出す道は、その先からすべてが潰されているようだ。いくらルネが知恵を絞っても、この屋敷から脱出する方法などないように思える。

「シルヴァンさま……」

絶望とともに脳裏に浮かぶのは、シルヴァンの姿だ。彼の笑顔、厳しい顔、困った顔——ルネの脳裏にはさまざまな彼の表情が浮かんで、それが目の前にないことにたまらなくなる。ルネはひとつ、大きく身震いをした。

（逃げなきゃ。なにがあっても、俺はここから逃げなきゃ）

窓枠にもたれかかって、ルネは考える。シルヴァンのことを思うと、ファビオの言うことに振りまわされていてはいけないという決意がますます固まる。

（俺は、どうなってもいい。シルヴァンさまや、国境の城に、ベルタン……全部を守る方法、どこかにあるはずなのに……）

ルネはため息をついた。そしてまた、天上の星を見つめ続けた。

（どうしていらっしゃるだろう。もうベッドに入って……おやすみだろうか。少しくらいは……）

——俺のことを心配してくださっているだろうか。

「……っ」

そう思うと、鼻の奥がつんと痛くなった。ルネは窓枠にもたれたままずるずると座り込む。床に座り込み、俯いて必死に涙をこらえようとした。

「シルヴァンさま……」

彼の名を声に出すと、せつなさはますますつのる。柔らかい絨毯の上に座ったルネはひとつ洟を啜りあげた。するとひと粒、涙が溢れてくる。

「助けて……シルヴァンさま」

ルネの声は震えている。次第に涙はぽろぽろと溢れ出し、ルネは必死に目もとを擦った。

「あのときみたいに……助けて。シルヴァンさま……、シルヴァン、さま」

広い部屋には、ルネの声が小さく響く。シルヴァンの名をささやきながら、ルネは自分の胸に、彼への想いが満ちていることに気がついた。

(……シルヴァン、さま)

シルヴァンを慕っている。それは間違いのない事実だった。その想いは、あくまでも小姓としてのもののはずだ。それともほかの——。

「あ……」

ルネは、ぞくりと身を震わせた。蘇《よみがえ》ったのは一度、彼に抱かれたときのことだ。のしかかってきたシルヴァンの体の重み、触れる毛並みの柔らかさ、彼の手のひらの熱さ。そしてルネの奥の奥にまで触れてきた、逞《たくま》しい欲望の圧迫感——。

「ああ、あ……」

両足を閉じて、ルネはまた身震いをする。そこに彼が挿《はい》り込んできた感覚が蘇り、頭の芯までがぞわぞわとした。たった一回のあの時間が、あまりにも濃厚に頭の中に繰り返される。

「シルヴァンさま……」

その思い出だけで、ルネは自分の体が変化していくような感覚に襲われた。王都に連れてこられてからも、シルヴァンを想う時間はたくさんあった。しかしこのように、彼のことを思い出すのは初めてだ。くちづけてくる彼の口もとの感覚、入り込んできた舌。

「あ、あ……」

自分の洩らした声が、まるで嬌声《きょうせい》のように聞こえてぞっとした。ここにはルネしかいないのに、シルヴァンの体温をありありと思い出してしまったのはなぜなのか。

(俺は……)

自分の体に、シルヴァンの手が触れている感覚が鮮やかだ。首や肩、胸もと、乳首、肋骨《ろっこつ》に腹部、そして下半身。

「ん、んっ！」

ここにはないシルヴァンの手に、自分自身に触れられているように感じて、ルネは自分の体を抱きしめる。すると悪寒はますますひどくなった。ここに彼がいないことが苦しい、たまらなくさみしい。

(シルヴァンさまの、おそばに戻りたい)

心の中で、ルネは叫んだ。絡ませた腕に力を込めて自分を抱きしめ、その腕をシルヴァンのものと夢見る。もちろん似ても似つかなかったけれど、ルネは少しだけ慰められたように感じた。

(シルヴァンさまのおそばで……)

体の奥で、なにかがどくりと大きくうごめく。しかしそれを抑えてくれる人は、ここにはいない。そのことがたまらなくせつなく感じられて、ルネは自分の腕に力を込める。

（俺は、シルヴァンさまを……）

これほどにたまらなく、胸が痛くなる感情をルネは知らない。これほどに誰かを恋うことも、ルネは考えたこともなかった。

（恋う……？）

心臓が、やたらにうるさく鳴りはじめる。ルネは大きく目を見開いて、頭の中を駆けまわる言葉を唖然として受け止めていた。

（シルヴァンさまを、愛している）

そんな言葉が頭の中に浮かび、ルネは驚いて瞠目《どうもく》している。自分の体温が、かあっとあがっていくのを感じていた。

（俺は、シルヴァンさまを愛している……）

その言葉が、心臓をきゅっと収縮させた。胸が痛い。ルネは胸もとに、手を置いた。

（……きっと、この思い……今、生まれたものじゃない）

ルネの頭の中で、言葉がぐるぐるとまわる。ルネは記憶を蘇らせた。森の中で怪我をしていたシルヴァンに出会ったこと。彼の小姓にしてもらったこと。執務室でともに過ごした時間――そしてたった一回だけ、彼に抱かれたこと。

どきり、と大きく胸が鳴った。ルネは驚いて、胸から手を離す。高い天井を見やって、ため息をついた。

（俺は、出会ったときからシルヴァンさまに惹かれていたんだ……恋して、いたんだ）

そのことを言葉で実感したのは、今が初めてだった。ルネは大きく震え、そしてぎゅっと目を閉じる。ここにシルヴァンがいないことがとてもさみしくて、彼が恋しくて、それはただ小姓としてではない、彼を愛しているからなのだと、今さらながらにやっと気がついた。

（シルヴァンさま、シルヴァンさま……）

壁に身をもたせかけながら、ルネは彼の名を繰り返した。彼が恋しい、彼に会いたい——そのどうしようもない衝動はルネの全身を大きく震わせて、ルネはまた涙をこぼした。

（シルヴァンさま……）

ルネの声は、闇の中に吸い取られていってしまう。ひとりで彼の名を繰り返す夜は長くて、暗くて、心細かった。

□

ルネがファビオに捕らえられてから、三日。部屋には光が満ち、朝が来る。

ルネが目を覚ますと、メイドが部屋に入ってきた。洗顔と着替えを手伝われ、食堂に向かってひとりで朝食を摂る。ルネは図書室に向かい、本を読んだ。

今日は、このバシュロ王国の歴史の本だ。赤い表紙の本ではない、もっと詳細に、その時代の王ごとに項目を分けて記述してある本だ。

それは薬草の本以上に難しく読めない言葉が多かったけれど、ルネは図書室の番人に辞書の使いかたを教えてもらった。

ページをめくる手はまだまだたどたどしいけれど、ルネはたくさんの、今まで知らなかった言葉を知った。国境の城にいるときは、シルヴァン宛の書簡をどうにか全体の意味がわかるくらいしか読むことができなかったけれど、今ならもう少し、難しい言葉も理解できると思うのだ。

昼食は、自室で摂る。それからまた図書室にこもって、夕餉《ゆうげ》は食堂に呼ばれる。ファビオやカルフォン家の者たちはいるときといないときがあって、ルネはひとりのほうが気楽だった。しかしファビオがルネを自由にしてくれるわけがない。その日現れたファビオは、にこやかな表情でこう告げた。

「今日は、君につける家庭教師を連れてきた。適当な人選をするわけにはいかないからね、待たせて悪かった」

ファビオはそう言って、手を打った。食堂に入ってきたのは、黄色いダルマティカをまとった茶色い髪の若いベータだった。

「フィルマンだ。きみの勉強を見てくれる」

「よろしくお願いします、ルネ。フィルマンです」

彼は、丁寧に頭を下げた。ルネも「はい、よろしくお願いします」と挨拶を返しながら、ちらりとフィルマンを見やった。

澄んだ黒い瞳が、知性を感じさせる。にこやかな表情はルネに圧迫感を与えないようにという配慮なのかもしれないけれど、ファビオが連れてきた人物だ、ルネはかえって警戒した。

「フィルマンには、この屋敷に住んでもらう。ルネは、いつでも質問できるんだ。そのほうがいいだろう？」

ファビオはにこにこしながらそう言って、フィルマンの手を取った。ルネの手も摑んで、ふたりに無理やり握手をさせる。

「ルネは、薬草に明るいと聞きました」

握手をしながら、フィルマンは笑顔でそう言った。

「私は薬草のことはよく知らないのですが、ルネに教えてもらえれば、とても嬉しいです」

「ははは、ルネも先生になるか。それはいいことだね、互いの理解がより深まる」

ルネは早く手を離したかったけれど、フィルマンはぎゅっと手を摑んだまま離さない。その笑顔は変わりないけれど、握られた手から伝わってくる奇妙な感覚にルネは怯えた。

（この人、ベータだけど）

フィルマンに微笑みかけられて、どきりとルネの胸が鳴った。いやな予感が、全身に走る。

（ベータにも、オメガのフェロモンって効くんだよな……今はちゃんと、ここでもらった抑制剤飲んでるけど）

しかし抑制剤が万能でないことを、ルネはよく知っている。しかも今はカルフォン家に軟禁されていて、精神状態が不安定だ。いかなる条件で抑制剤の効果が発揮されなくなるのかはわからないけれど、ルネは無性に心配になった。

ファビオとフィルマンは、食堂を出ていった。ルネはひとりで残りの料理を食べ進めながら、言い知れぬ不安に苛《さいな》まれていた。

(俺はこの家で、王妃候補として扱われている)

ルネは、スプーンを口に運びながら考えた。

(不本意だけど、それって大切な存在には違いない。うっかりフェロモンを出したからって、やみくもに押し倒されたりはしないと……思う)

食事を終えて、ルネは部屋に戻る。またメイドに手伝われて入浴をして着替え、ひとりになってベッドの上にぽすんと座る。

(なんで、こんなことが気になるのかな……？)

フィルマンに会ってから、以前に抑制剤が効かなかったときのことをやたらに思い出す。発情してしまうと自分ではどうにもならないこととか、相手が誰でも抱かれたくなるおぞましい衝動などを。

(……いやなこと思い出しちゃった)

ルネは、大きく身震いをする。ついで大きなあくびが出て、ごそごそとベッドの中に潜り込む。

(おかしなことなんて、なにも起こらないから)

眠りに落ちながら、ルネは自分に言い聞かせた。

(だいたい、今の状況が充分におかしなことだから……これ以上、びっくりすることなんて起こ

らないから）
やがてルネは眠りの中に吸い込まれていって、夢の中には微笑むシルヴァンが出てきたように思う。

次の日の朝食で、このあと、フィルマンが部屋にやってくると聞かされた。メイドはルネの部屋のテーブルを拭いて準備をし、ティーポットとカップを用意している。部屋は、香り高い茶の芳香でいっぱいになった。

「おはようございます」

ややあって、フィルマンがやってきた。ルネは挨拶とともに、ぺこりと頭を下げた。メイドが退室し、ふたりはテーブルに向かう。

「さ、お座りください」

言われるままにルネは腰を下ろした。フィルマンは三冊の本を抱えていて、ちらりと見たその一冊が、バシュロ王国の歴史書であることがわかった。

（ここにいることに、納得しているわけじゃない）

ルネは、フィルマンが広げている本を見やりながら考えた。

（早く出ていきたい。早く、シルヴァンさまのもとに戻りたい）

フィルマンは本に目を通しながら、ルネに質問をしてくる。先日図書室で歴史についての知識は多少頭に入れてきたので、それにはすらすらと答えることができた。

(でも、どうしてもここにいなくちゃいけないんだったら……この状況は、まだましなのかもしれない。シルヴァンさまのもとに帰ったとき、少しでも知識を得ているのはいいことだもの)

「ルネ？」

「あ……なんでもないです」

上の空だったルネに、フィルマンは不思議そうに呼びかけてくる。ルネは慌てて返事をした。

「そう、まずはお茶を飲んで。ここからここまで、読んでごらん」

ルネは自分の手もとを見た。美味しそうなお茶が湯気を立てている。ルネはひと口それを飲んで、指差されたところを読みはじめる。

途中で少し咽喉が掠《かす》れたので、また茶を飲む。フィルマンもときどきカップを持ちあげながら、ページはゆっくりと、先へ先へと進んでいく。

(……あれ？)

それは、どのくらいまで本を読んだときだっただろうか。ルネは違和感に気がついた。

(なんだか……頭が、くらくらする)

ルネは頭を押さえた。フィルマンは、そんなルネを見て――微笑んだ。

(なに……いったい、どういうこと？)

ここはフィルマンは、ルネに体調が悪いのかと尋ねるところではないのだろうか。本を読むのを中断して頭を押さえているルネを前に笑うとは、どういうことなのだろうか――。

「あ、あ……」

大きく、ぐらりと世界が歪む。ルネは体の均衡《きんこう》を崩して倒れ、自分がどさりと床に転がったことに気がついた。

「っあ……あ、ああ、っ……」

体が熱い。じわじわと奇妙な熱が、腹の奥から伝わってくる。その感覚にルネは、はっと目を見開いた。

（これって、発情……！）

「効いてきたみたいだね」

フィルマンが、ルネの傍らに膝をつく。じっと顔を覗き込まれて、ルネの体はまたびくりと反応した。

「お茶に薬を入れてたの、感じなかった？　ファビオさまにいただいた、よく効く薬なんだけど」

「……！」

ルネは瞠目して、フィルマンを見る。彼は邪悪に微笑んでいて、手を差し出すとルネの頬に触れてきた。

「や、っ……！」

それだけで感じてしまうほど、ルネの体は熱を持っている。フィルマンが、薬を入れた？　それは抑制剤を凌《しの》ぐほどの強力な薬なのか。そしていったい、なんのために？　フィルマンの微笑みは、なにゆえなのか。

「大声を、出さないように」

ルネに顔を近づけて、フィルマンはささやいた。

「大声を出せば、あなたから誘ってきたと言いますよ？　あなたはオメガだ。オメガはそもそもが、淫らな生きもの……オメガがその気になって誘えば、私のような無防備なベータなど、抵抗できるわけがありませんからね……」

そう言ってフィルマンは、舌なめずりをした。その表情があまりにも浅ましくて、ルネは吐き気を感じた。

「さぁ、こっちを向いて。あなたのフェロモンに犯されてしまったベータを、慰めて……？」

「や、だ……！」

ルネは叫んだ。フェルマンは本当に、今のルネから、フェロモンを感じているのだろうか。この体の異変は、ルネがオメガとしてフェロモンを撒《ま》き散らしているのだろうか。

フィルマンの手が伸びてくる。体の上にのしかかられて、くちづけられた。いきなり舌を突き込まれて、口腔《こうこう》をかきまわされる。

「ん、ん……ん、んっ！」

フィルマンの手は、ルネの胸の上をすべった。彼の手がダルマティカの襟もとにかかったとき、ルネの脳裏には以前のことが蘇った。

（甘い……匂い！）

今まで感じなかったのが不思議なくらいに、フィルマンからは甘い匂いがした。ファビオにさられる前、辺境の城の自室でアルファに押し倒されたとき、感じた匂いと同じだ。あれほど濃くはなく、だから今まで気づかなかったのだろうか。

(同じ匂い……な、ぜ?)

フィルマンの手はダルマティカを破りはしなかったけれど、その代わりそこから手を忍ばせてきた。指が肌を辿って乳首をとらえ、摘んでひねる。ルネは声をあげそうになるのを、懸命にこらえた。

(これだ……この甘い匂いの原因が、みんなをおかしくさせてる……!)

しかしそれがわかったからといって、ルネにはなにもできない。フィルマンはなにやらささやきながら、ルネの体に触れてくる。それにおぞましい思いをかき立てられるけれど、体は飲まされた薬の効果に敏感だった。

「や、あ……っ……!」

「ふふ……もっと、感じて?　いい声を、聞かせて……?」

「いあ……あ、ああっ……」

フィルマンはダルマティカの裾をめくりあげ、ルネを裸にしようとする。飲まされたもので敏感になった肌は触れられるだけで粟立ち、全身を走る怖気にルネは大きく身震いした。

「すぐに、気持ちよくしてあげる……だから、おとなしくして……」

「ん、や……あ……ん、ん……」

ルネの喘ぎ声に、なにかが割れるような大きな音が重なる。同時に聞こえた、怒声。数人の者が部屋に入ってきたようだ。

「ルネ！」

「あ……あ、あ……？」

ルネは、目の前に動物の四肢を見た。がっしりとした、金色の被毛を輝かせる脚。それは泥に汚れていて、毛足の長い絨毯も汚れていることに、掃除が大変だとぼんやりと思った。

「……あ、あ……？」

顔をあげる。目の前にいるのは、大きな大きな獣だ。全身は金色の豊かな被毛に覆われていて、それはうつくしく波打っていた。

「うぐ、ぐるるる！」

彼は興奮を隠しきれないというように、大声で唸る。彼の声に、鈍っていたルネの感覚がはっきりとした。ルネは大きく目を見開き、自分の目の前の顔を見る。

「シルヴァン、さま……」

幻を見ているのかと思った。同時にあのときも、今も、ルネの窮地に駆けつけてくれるのはシルヴァン以外ではあり得なかった。

「来て……くれたんですね……」

シルヴァンは、大きな舌でルネの頰を舐めた。ざらりとした感覚に、思わず震える。シルヴァンはルネをじっと見つめ、そして顔をあげると大声で言った。

「エロワの実の漿液《しょうえき》を乾燥させて作った粉は、飲んだ者に異常な興奮状態を起こさせる。そして強烈な中毒性がある」

「シルヴァンさま……！」

獣の姿のまま、シルヴァンは言葉を発した。ルネは驚いて彼の顔を見る。

（その姿じゃ、人間の言葉はしゃべれないんじゃ……？）

そんなルネの驚きに構う者はいなかった。しんと静まり返った中、聞こえてきたのは聞き慣れた声だった。

「だから……なんだっていうんだ」

ファビオの声だ。それが少し震えていることに、ルネは気がついた。シルヴァンの両脚は、ルネを押さえつけている。まるで彼を抱きしめているようだ。

「ファビオ、おまえは私の城を訪ねてきたとき、エロワの粉を兵たちに盛っただろう？　国の法で禁じられている、違法な薬を」

それに答えるファビオの声は、ない。ルネが顔をあげてファビオを見ると、見たことがないほどに恐ろしい表情をしている。それはシルヴァンの言葉に対する否定なのか、肯定なのか。

「兵たちを薬の中毒にすることで、国境の城を内側から瓦解《がかい》させようとしたな？　そうやって兵士たちを使いものにならなくして、城を破滅させようとした」

ファビオはなにも言わなかった。ただまばたきもせずに、シルヴァンを見つめている。彼の目が血走っているのがわかった。シルヴァンは、ふっと息をつく。

「カルフォン家が密かに、麻薬を扱っているという噂は本当だったのだな。エロワの実を使った麻薬……地下室で工房を見つけたときは、まさかと思ったが……」

そう言われた、ファビオは大きく目を見開いた。その表情に、シルヴァンの言うことが真実であることをルネは感じた。シルヴァンは、青い瞳にますますの厳しい光を宿す。

「城の者は皆、まだ症状は軽い……だから私は、ひとまずカルフォン家の暴挙は黙っておいてやろうと思う。今後私たちに干渉しないというのなら、私は沈黙を守る」

びりびりと響く声で、シルヴァンは言った。あたりは水を打ったように静かだ。彼はルネの肩に手を置き、口を開いた。鋭い牙が見える。

「今の状態では、大変だろうが……私の背に乗れ。しっかりつかまっておけ！」

「は、……いっ！」

なぜシルヴァンがここにいるのかわからない。わからないながらもルネはシルヴァンの背に乗って、首に腕をまわし、力を込めてしっかりと抱きついた。

シルヴァンは駆け出した。窓に向かって駆け、一躍《いちやく》して窓を乗り越えた。眩しい光がルネを包んで、屋外に出たのだということがわかった。

「わ、っ！」

ルネは思わず身を伏せる。しかしシルヴァンの強い脚はその弾力を持って、ほとんど衝撃なく地面に降りた。ルネは揺れるのを感じたけれど、痛くはなかった。

「行くぞ！」

またシルヴァンは声をあげ、走り出す。シルヴァンとルネを追いかける声が響いてきた。それはたちまち、小さくなっていく。

（どうして、シルヴァンさまが……？）

ルネの頭にはその疑問しかなかったけれど、舌を嚙みそうな今の状態で、聞けるはずがない。

ルネはシルヴァンに抱きついたまま、颯爽《さっそう》と走る彼の背の揺れを感じていた。カルフォン家の屋敷が、どんどん遠くなっていく。

どれくらい走っただろうか。あたりには夕闇が広がっている。ルネにはまったく不案内な場所だったけれど、シルヴァンは迷う様子もなく走っている。空が茜《あかね》色から群青《ぐんじょう》色になる、そのぎりぎりの時間にシルヴァンは足を緩め、大きな木造の建物の中に入っていく。

「ここ……」

ルネは、きょろきょろとあたりを見まわした。嗅《か》ぎ慣れた匂いがする。

「厩《うまや》……？」

シルヴァンは、迷いなく建物の中に入っていった。ルネはちらりと匂いのするほうを見て、たくさんの大きな馬がつながれているのに驚いた。ここは確かに、厩らしい。

「シルヴァンさま、ここ……」

彼が姿を消した、屋内を見やる。そこには人間の体に変化したシルヴァンがいて、衣服を身につけていた。コートのボタンを嵌め終わると、ルネのほうを向いた。

「待たせたな、行こうか」

「あの、シルヴァンさま……」

敷いてある藁《わら》を踏みながら、ルネはシルヴァンに問いかけた。

「あの……どうして」

どう尋ねていいものか、ルネは迷った。しかしシルヴァンはなにも言わずにルネの手を取り、厩から出ていく。

「っ……」

彼の大きな手に握られると、ぞくりと全身を悪寒が走った。シルヴァンの背に揺られていて気が紛れていたけれど、ルネはエロワの粉を盛られて、いつものルネではないのだった。そのことを思い出すと、体がまたかっかと熱くなってくる。シルヴァンはそんなルネのことに気がついているのか否か、どんどん歩いてある場所に向かっているようだ。

「あの、シルヴァンさま……」

砂利道の脇には、いろいろな建物が建っている。食堂や、衣服を売る店、武器を売る店、菓子を売る店。ベルタンの大通りなど比べものにならない賑やかさだ。行き交うたくさんの人々に揉まれながら、ルネは必死にシルヴァンについていく。

「ここだ」

シルヴァンが足を踏み入れたのは、質素な造りの建物だった。看板があって、そこは宿屋だというのがわかった。

慣れた調子でシルヴァンは宿に部屋を取り、ルネを引っ張っていく。案内された部屋に入り、扉が閉まるとシルヴァンは大きく息をついた。

ルネは、改めて湧きあがる発情の感覚に、ふらふらしている。そんなルネをベッドに座らせて、シルヴァンはじっと覗き込んできた。その青い目の輝きに、ルネの心臓はどくりと大きく跳ねた。

「抑制剤を、与えられていなかったのか」

「いいえ……そういうわけじゃ、ありません」

はっ、と熱い息を吐きながら、ルネは言った。

「ただ……家庭教師の人に……エロワの粉、なのかな……それを、飲まされて……」

シルヴァンは、眉をひそめる。その厳しい表情に、ルネは思わずたたらを踏んだ。

「その薬って、抑制剤の効果をうわまわるものなんですか？　ちゃんと抑制剤飲んでたのに、あんな……」

「そういう薬は確かにある。発情期ではないオメガを無理やり発情させるものだ。ボーアルネのオメガの園地では、よく使われるらしいが」

その話に、ルネはぞくりとした。オメガの園地は、話に聞いただけでもオメガにとっては辛い場所だ。そんな薬をどこからと思ったものの、ファビオ――カルフォン家の者は、辺境の城にエロワの実の粉とやらを撒いて内側から殲滅《せんめつ》しようとしたくらい薬に詳しいらしいから、不思議に思うことではないのかもしれない。

「その薬を飲まされて……ベータの人に、襲われそうになりました。そこに、シルヴァンさまが来てくださって……」

シルヴァンは、はっと息をついた。彼は腕を伸ばしてルネを抱きしめる。かっと頬が熱くなった。どきどきと、胸が大きく鳴りはじめる。

「私は、間に合ったか？　ほかに……ひどい目に遭わされていないか？」

「ひどい目には、遭ってません」

震える声で、ルネは言った。

「食事も寝るところも、贅沢《ぜいたく》すぎるくらいでした。俺には分不相応なくらいで……でも、あそこには」

ルネはシルヴァンの背に腕をまわして、ぎゅっと抱きしめる。

「シルヴァンさまが、いらっしゃらない」

「ルネ」

ルネの言葉をどう思ったのか、シルヴァンは腕の力を緩め、ルネの顔をじっと見た。彼の瞳に、酔わされる。ルネは低い呼吸を何度も繰り返し、自分を落ち着けようと努力した。

シルヴァンは、懐《ふところ》に手を入れた。彼は小さな瓶を取り出す。中には淡い赤のどろりとした液体が入っている。

「あ……」

その瓶の栓を抜き取って、シルヴァンは中身を口にした。ルネが驚く間もなく彼は背に腕をまわしてきて、ルネを抱き寄せる。くちづける。ルネは大きく目を見開いて、微かに甘い液体が口の中に流れ込んでくるのを感じた。

「こ、れ……」

「飲み込め」

言われるがままに、ルネは咽喉を鳴らした。それは濃い粘着質のもので、苦かった。ルネは少し顔を歪める。飲んだものが胃に流れていく感覚が、伝わってくる。

「なん、ですか……？　これ」

「エロワの薬効を、中和するものだ。効いてくれれば、おまえの症状も治るだろう」

ルネは、ほっと安心の息をついた。まだ体の奥には燻《くすぶ》るものが残っているけれど、少しずつその苦しみが消えていくのを感じている。

安堵の息をついたルネは、新たに生まれた感覚に目を見開いた。

（え……なに、これ……）

エロワの薬を飲まされたときに感じた、発情のような感覚とは違う——否、体が熱くなる状態は似ている。しかしこれは、同じものではなかった。ルネは大きく身を震わせる。そんなルネを、シルヴァンは腕を伸ばして抱きしめた。ふわり、と涼やかな香りがする。

「おまえがいなくなってから……私が、どのような思いだったか……」

「シルヴァンさま？」

彼の呻きの理由がわからなくて、ルネは首を傾げた。その間にも体の奥の熱は治まらず、深呼吸だけでは発情を抑えられない。

「おまえがいなくなって……どれほど探したか。カルフォン家の支配地域にある土地や館を、ぐるりとまわった。まさかカルフォン家の中心、王都の本家に軟禁されているとは……灯台下暗しだ」

シルヴァンは、自虐《じぎゃく》的に笑った。ルネには、彼の笑いの意味がわからない。しかしこうやって助けに来てくれたことがルネにとってのなによりの僥倖《ぎょうこう》で、そのことに心の底からの喜びを感じていた。

「おまえとまた会えた……それだけで、私は満足だ」

「シ、シルヴァンさま」

彼はルネの肩口に顔を押しつけ、それはまるで泣いているかのようだと、ルネは思った。

「私のもとに戻ってきてくれた……よかった……」

いつも凛々しく、堂々と、近寄りがたいまでのオーラを放っているシルヴァンだ。このような姿を見るのは初めてで、ルネはおろおろとした。

「あ……、あ」

ふたりは抱き合い、密着している。ルネの体は、中和剤を飲まされる前ほどではないものの、しかし依然《いぜん》、興奮が奥で燃えている。なにゆえかわからない熱さにルネが思わずため息をつくとシルヴァンが腕をほどいて、ルネをベッドの上に押し倒した。

「あ、っ……！」

彼の青い瞳が、ルネを見下ろしている。その表情には余裕がないように見えて、ルネは大きく震えた。彼のそんな表情を見ているとルネの体に宿っている、今までとは違う微かな炎が、確かに勢いを増しはじめる。

「シルヴァン、さま……」

ルネがささやくと、シルヴァンはぎゅっとルネを抱きしめた。その力に驚くと同時に、胸が高鳴る。ルネはそろそろと腕を伸ばし、彼の背に手をまわした。

「体が、まだ熱いだろう……?」

シルヴァンが言った。ルネはふるりと震えて、それに答える。

「おまえから、いい匂いがする……」

そう言って彼は、くんと鼻を鳴らした。その表情は、どこか蕩けているようだ。

「おまえのフェロモンだ。私を誘う、甘い匂い……」

「えっ」

ルネは思わず自分の腕を引き寄せて匂いを嗅ぐ。するとシルヴァンがくすくすと笑った。

「自分では気づかないだろうが……おまえは今、フェロモンを発している。おまえの……おまえだけの、芳《かぐわ》しい匂いだ」

「フェロモン、ですか……?」

小さく身を震わせながら、ルネは呟いた。シルヴァンは笑顔のまま、そんなルネをじっと見ている。

「ああ。おまえの発情につられて、私も発情させられている……私たちふたりの匂いが混ざっていること……気づかないか」

ルネは、くんと鼻を鳴らした。確かにシルヴァンの涼やかな匂いに、甘いものがまとわりついているように感じる。その匂いは小刻みに震えていたルネの体を大きく刺激して、ルネは思わず大きく息を吐いた。

「アルファも……フェロモン、出すんですね」

「これは、私の腕の中にいるのがおまえだからだ」

低く掠れる声で、シルヴァンはささやく。

「おまえ以外には、これほどに反応しない……ルネ。おまえだけが、私の本能をかき乱す」

シルヴァンはどこか苦しそうだった。懸念にルネは彼を見つめる。するとシルヴァンは薄く笑った。ルネの心臓を鷲掴《わしづか》みにする、艶めかしい笑みだ。

「どうして私が、おまえのフェロモンにこれほどに反応するか。なぜおまえにも、私のフェロモンが感じられるか……わかるか」

「え、っ……」

突然の問いに、ルネは戸惑ってまばたきをした。そんなルネに、シルヴァンは優しく微笑みかける。

「私とおまえが……運命のつがいだからだ」

「うん、めい……の？」

聞いたことのない言葉をルネは問い返す。シルヴァンが頷くと、金色の被毛がふわりと揺れた。

「そうだ、運命のつがい。アルファとオメガが結ばれてつがいになる……しかし通常のそれではない、もとから運命に刻みつけられた相手……その魂《たましい》が分かちがたく固く結びつけられた、ただひとりの相手」

穏やかな調子でシルヴァンは言うが、その呼吸の端々に隠しきれない興奮があるのに、ルネは気づいている。それがますます、ルネの感覚を煽った。

「おまえには、自由に生きてほしいと思っている」

続くシルヴァンの言葉に、ルネは少し首を傾げた。

「オメガというだけで、今まで辛い思いをしてきたおまえだ……これからはおまえの思うままに、自由に……そんなおまえを、縛りたくはない」

彼はなにを言いたいのだろうか。その表情が少し苦しそうに見えて、ルネは手を伸ばすとシルヴァンの頬に触れた。彼は穏やかに、微笑む。

「しかし……今は。今は、私だけのものになってくれ」

そう言う彼の目に宿っているものは、炎のような情熱だ。シルヴァンは懸命にそれを抑えているようだったけれど、箍《たが》が外れるのはルネの反応次第であるように感じられた。

「おまえを自由に、と思いながらも、おまえを手放せない……私のものに、したい」

「シルヴァンさま……」

ごくり、と唾を飲み下しながらルネは呟いた。シルヴァンは目を細める。そして低い声で、ささやいた。

「私のものになれ。私に、抱かれろ」

「は、い……」

ルネは震える声をあげた。シルヴァンは薄い笑みを浮かべ、ルネの唇にくちづけてくる。

「あ、あ……」

最初はそっと重ねるだけ、軽く唇を咬まれ、ルネはどきりと胸を高鳴らせた。

閉じたルネの唇を舐め、続けて大きな舌が入ってくる。その感覚に、ルネはうっとりと息を吐いた。彼の舌は唇を辿り歯を舐める。するとルネは大きくわなないた。

「ふぁ……あ、あ……、っ……」

ルネの体は、シルヴァンの逞しい腕に抱きしめられている。シルヴァンはその体の甘さを堪能しようとでもいうように、あちこちに触れてきた。

「や、ぁ……あ、ああ、っ」

ダルマティカの上から、胸に触れられる。乳首をつままれて大きく腰が跳ねた。思わずシルヴァンの脚を蹴ってしまいルネは、はっとする。

「ご、めん……なさ、い」

「おまえの蹴りなんて、知れている」

くすりと笑いながら、シルヴァンは言った。

「おまえのすべてが、愛おしいよ」

両方の乳首を捏《こ》ねながら、シルヴァンは唇越しにささやく。ルネの体の奥がどくりと反応し、せりあがる熱にルネは大きく息を吐いた。

「愛おしい……ルネ」

「あ、あ……ぁ」

舌を引き出され、くわえられて吸いあげられる。それだけのことにもルネの体は大袈裟《おおげさ》なまでに反応し、そんな自分が恥ずかしかった。

「私に抱かれているんだ……当然だろう」

ルネの羞恥に気がついているらしいシルヴァンは、優しい声でそう言った。そうやって宥められて、ルネの羞恥はますます増した。

「とう、ぜん……って……こんな、の」

きゅっと乳首を押さえつけられて、ルネはまた反応する。シルヴァンの厚い舌はルネの唇を舐めあげ、歯をなぞり頬の裏にすべり、そうやって感じる部分を攻めながら、手は胸から腰へ至り、ダルマティカの裾をめくりあげて胸もとまでを露わにしてしまう。

「あ、あ……あ、あ……」

シルヴァンはくちづけをほどき、剝《む》き出しになっているルネの乳首に吸いついた。きゅっと吸われてルネは身を反らせ、か細い嬌声をあげる。

「ふぁ、あ……あ、ああ……っ！」

片方は指でつままれて、もう片方は舌に舐めあげられ、軽く歯を立てられる。その感覚にルネの欲望は昂りはじめ、大きくなっていることがわかっているはずなのに、シルヴァンは触れてもくれない。

「い、や……ぁ……ここ、も」

ルネは腰を揺らし、シルヴァンに訴える。彼はふっと息を吐き、濡れた乳首を刺激したけれど、それはますますもどかしいばかりだ。

「シルヴァンさま、俺……、もう」

「この程度で、もう達《い》くのか？」

シルヴァンはくすくすと笑う。そんな彼の物言いにルネは顔を熱くしたけれど、発情している体を自分で制御することなどできるはずがない。

「いいぞ、達け……おまえの艶めかしいところを、見せてみろ」

「や、ぁ……あ、あ……っ……」

シルヴァンはなおも乳首を吸い、潰して捏ねて、ルネの情感を追いあげる。ルネは腰を震わせて、シルヴァンが強く乳首を吸った拍子に自身が弾けたのを感じた。

「あ、あ……あ、あ……」

「ふふ……」

ルネの薄い腹の上に、白濁が散っている。シルヴァンはそれを指に絡め、そっとルネの双丘、その奥へと触れた。

「や、ぁ……あ、あ……っ……」

彼の指は、蕾《つぼみ》に触れる。そこはびくんと反応し、挿ってくる指を受け入れるようにひくりとうごめいた。

「ここも、私を求めている……挿《い》れてほしそうに、口を開けて……」

「いぁ、あ……あ、あ……」

羞恥にルネは、震える声を吐いた。シルヴァンは、ベッドの上で体を起こす。彼はその大きな口でルネ自身をくわえ、きゅっと吸った。同時に秘所に指が突き込まれ、一本がゆっくりと、中を犯していく。

「や、だ……両方……、も。いや、ぁ……」

「悦んでいるくせに？」

シルヴァンは笑いながら、指を食い込ませる。中ほどで指は止まり、そこにある柔らかい部分を引っ掻いた。

「あ、あ……あ！」

ルネは鋭い声をあげる。つま先にまで快感が流れ込んできて、ルネは大きく目を見開いた。

「や……、そこ……は……っ」

「感じるのだろう？」

まるでルネのすべてを知っているかのように、シルヴァンは言った。彼はそこで指をうごめかせ、さらにルネを追い立てようとしている。

「あ、や……感じ、る……感じる、からぁ……」

泣きそうになりながら、ルネは声をあげる。

「そこは……だめ。感じすぎる、から……」

「それがいいのではないか」

シルヴァンは、小さく笑った。指は二本に増えて、それらはてんでに動いてルネの秘所を拡げようとしている。

「おまえの、淫らな姿が見られる……もっと、見せてくれ。快感に喘ぐ、おまえが見たい……」

「は、ぁ……あ、ん、んっ！」

ルネは思わず秘所に力を込めた。するとシルヴァンがくすくすと笑う。

「ここでも、感じているではないか。ここに、私を受け止めたいのだろう?」

「あ、あ……はぁ……ん、んっ」

そう言ってシルヴァンは、くわえた陰茎を強く啜りあげる。腹の奥が熱くなって、たちまち射精寸前まで追い立てられた。情けない姿は見せたくないと思うのに、シルヴァンの巧みな手業にかかっては、ルネはただ身悶《みもだ》えるしかない。

「淫らだな……このうえなく淫靡《いんび》に、私を誘っている……」

満たされたように、シルヴァンは呟く。口と舌で欲望を愛撫され、同時に秘所を拡げられる。指は執拗《しつよう》に内襞の膨《ふく》らんだところを擦り、ルネは何度も腰を跳ねさせてあまりにも大きい快感をやり過ごそうとした。

「だ、め……もう、そこ、ばっかり……！」

「ここが、いいのだろうに」

そう言ってシルヴァンは、なおもそこをいじった。その間にも指はうごめいて、折り重なった内壁を拡げようとする。そこに逞しい彼の欲望を受け入れるのかと思うと、改めて体がぞくぞくとした。

ルネは視線を落としてシルヴァンの瞳を探した。目が合うと濡れた欲望を孕《はら》んだその色に、どきりと痛いほどに胸が鳴る。

「は、やく……シルヴァン、さま」

掠れた声で、ルネは訴えた。

「早く……挿れて。あなたを、もっと感じたい……」

「かわいいことを言う」

シルヴァンはぐいと指を突き込み、ルネに悲鳴をあげさせた。それでも指だけでは、ルネの望むところには届かない。そのもどかしさにルネは腰を捩《よじ》る。すると軽く臀《しり》を叩かれた。

「きゃ、う……！」

「おとなしくしていろ。すぐに、欲しいものをやる」

そう言ってシルヴァンは、口にしたルネの欲望を吸いあげる。それにもまた性感を煽られて、ルネはただ声をあげた。

「あ、出る……達、くっ……」

「出せ……何度でも、受け止めてやる」

「は、ぁ……あ、ああ、あっ！」

どくり、と体の奥がわななないて、ルネは達した。精液は間欠的《かんけつ》にどくどくと放たれて、続いてシルヴァンが咽喉を鳴らすのが聞こえた。

「の、んだ……？」

「愛おしい者の蜜だ。なんのためらいがある？」

あたりまえのようにシルヴァンはそう言って、自分の口のまわりを舐めると、体勢をずらして指をくわえ込んだルネの秘所にくちづけ、舐める。唾液を沁み込まされて、そこはシルヴァンを受け入れるためにますます柔らかくなった。

「は、ぁ……あ、あ……ん、っ」

二回も追い立てられて、それでもルネの欲は治まる気配を見せない。秘奥で動いていた指がゆっくりと引き抜かれ、その空虚にルネは、はっとした。

「あ、っ……挿れて」

掠れた声で、ルネはささやいた。

「は、やく……シルヴァンさまが、欲しい」

「……そのようなことを言うと、我慢できなくなるぞ？」

「あ、……や、っ……」

ルネは声をあげ、見あげてくる青い瞳に懸命に訴えかける。

「我慢、しなくていい……か、らぁ……」

シルヴァンはふっと笑い、体を起こす。彼は自分の下肢に手をやって、なにをしているのかとルネが首を傾げる前に、ルネの秘所には濡れた熱いものが押しつけられる。

「は、ぁ……あ、ああ、っ……！」

「ふ、っ……」

微かな吐息とともに、シルヴァン自身が突き込まれた。それは簡単に秘奥を破り、じゅく、じゅくと中に挿ってくる。ルネは大きく身を反らせ、その背にシルヴァンは腕をまわした。

「あ、あ……あ、あっ……」

そのまま半身を起こさせられる。ぐいと抱き起こされると繋がる角度が変わり、ルネはますます感じさせられた。

「い、あ……っ、あ……あ、ああっ！」

シルヴァンは逞しい腕でルネを抱き、そのままずくずくと追いあげる。内壁を激しく擦られてルネは声をあげ、そんなルネをも愛おしいというように、シルヴァンは攻めあげることをやめない。

「ここ、だな……？」

「はぁ、あ……あ、ああっ！」

彼自身の先端が、最奥《さいおう》に当たった。こんっ、とぶつかったのはルネの腹の奥の最奥で、そこを突かれると目の前に白い星が散った。

「いぁ……あ、あ……ん、んっ！」

「感じているようだな」

シルヴァンは、楽しげにそう言った。続けて激しく突きあげられ、ルネの体は不安定に揺れる。シルヴァンは膝に載せているルネの腰を押さえ、そのまま立て続けに何度も揺すりあげた。ルネ

の口からは嬌声が洩れ、未だ力を失わない彼自身の先端から、薄くなった精液がたらたらと滴《したた》り落ちる。

「奥を突くと、おまえは悦ぶ……その顔は、私以外の者には見せるなよ？」

「あ、あ……は、い……、っ……」

嫉妬《しっと》めいたことを言って、シルヴァンはさらにルネを犯した。最奥まで突いて、全体を抜く。

ルネが不満を訴える前に再び挿入すると、襞を押し伸ばしながら突き込んでくる。

「はぁ、あ……あ、も、もう……もう」

「もう、なんだ？」

意地悪な表情で、シルヴァンがささやく。

「言え……おまえの口から、淫らな言葉が聞きたい」

「あ、あ……シルヴァン、さま……」

いくら発情に襲われて、激しく抱かれているさなかであっても、ルネの頭には一片、冷静な部分が残っていて、それがルネを苛んでいる。

「あ、あ……奥……、もっと、奥……」

うなされるように、ルネは呟く。

「俺、の……一番、奥を……」

「どうしてほしい？」

容赦ない抽送《ちゅうそう》に、ルネはもう声も出せない。シルヴァンの体にしがみつき、自らも腰を使った。挿入は不規則にルネを苦しませ、ふたりの腹の間に挟まれた自身からも半濁の蜜が流れている。

「ルネ……言え。おまえの声で、私に聞かせろ……」

「あ、あ……あ、……っ……」

絶えない刺激にルネは声をあげ、脳裏が白く霞んでなにも考えられなくなったのと同時に、ルネは途切れ途切れに声を震わせた。

「シルヴァンさま、ので……俺の奥を、突いて、くださ……」

ルネは大きく目を見開いて、シルヴァンを見た。彼の青い瞳は貪欲さが滴るように濡れている。その色に、どきりとした。同時に最奥を突かれ、ルネは大きく反応した。

「いいとも……突いてやろう」

もっとも深い、感じる部分を擦りあげられてルネは啼《な》いた。立て続けにずくずくと突かれてルネは声を失い、頭は真っ白になって目の前では星がきらきらと光っている。

「あ、あ……っ……あ、ああ、あ!」

「ルネ……」

どくん、と腹の奥に衝撃があった。同時に流れ込んでくる灼熱に、指先まで溶かされていくような感覚があった。

「あ……っ、あ……あ、あ……あ、あ……」

ルネの体から力が抜けて、そんなルネをシルヴァンが抱きとめてくれた。そのままベッドに横たわらされて、ルネは深く息をつく。

顔をあげて傍らを見ると、シルヴァンがルネを見つめている。その瞳の色にたまらない羞恥を感じて、ルネは思わず視線を逸らせてしまった。

「ルネ」

艶めいた声で、シルヴァンがささやく。

「わかっているか？　おまえがいなくなって、どれほど私が辛かったか。どれほどおまえを想ったか……」

思わずルネは、シルヴァンを見る。彼は真摯《しんし》な表情をしていて、ルネは驚いてその顔を見た。シルヴァンが顔を寄せてきた。ちゅっ、と小さくキスされた。ルネはたまらなく恥ずかしくなる。先ほどまでもっと激しい行為をしていたのに、キスだけでこんなに恥ずかしくなるなんて。

「私はおまえに、惹かれている」

ルネは思わず、大きく目を見開く。シルヴァンは心なしか恥ずかしそうな顔をしていて、彼のそのような顔を見たのは初めてだ。

「以前、発情したおまえを抱いたのも、ただおまえを抑えるためだけではなかった」

「え……、え？」

戸惑って、ルネはシルヴァンの顔を見つめた。今度はシルヴァンがそっぽを向く番だ。彼の背中を目に、ルネはどきどきと胸を高鳴らせている。

「おまえはどうなんだ」

どこか照れたような、口早の声が聞こえる。ルネは慌てて起きあがろうとし、しかし下半身に力が入らなくてベッドに倒れ込んだ。

「おい、大丈夫か」

シルヴァンが腕をまわし、抱き寄せてくれる。彼の腕の中で、ルネは今にも泣きそうになりながら、小さな声で言う。

「俺、も……シルヴァンさまのことが、好きです……」

ルネは少し言葉に詰まり、それでも、と懸命に言葉を口にした。

「愛しています……」

「そうか」

シルヴァンは、満足そうにそう言った。ルネをぎゅっと抱きしめる。その腕の中にあって、ルネは自分が蕩けてしまいそうだと思った。

「おまえがそういう想いなのなら、いい。私の一方的な感情で……おまえを苦しめるのは本意ではないからな」

「苦しむなんて……！」

驚いて、ルネは言った。彼の腕の中で「愛している」の言葉を繰り返す。

「愛しています、シルヴァンさま……俺の世界には、シルヴァンさましかいない」

何度も愛の言葉を繰り返し、何度もくちづけを繰り返した。それがたまらなく嬉しくて、ルネはどうしていいものかわからない。

（どうやったら、この嬉しい気持ちを形にできるんだろう）

シルヴァンの腕の中、ルネは考えた。

（形にして、シルヴァンさまに差しあげたいのに。俺の気持ちが変わらないことの、証《あかし》に）

額に、頬に、鼻の先に。優しいキスを受けながら、ルネはそのようなことを考える。このたまらない幸せの中、ぎゅっとシルヴァンの体を抱きしめた。

「……なにを考えている？」

シルヴァンは、優しい声でそう尋ねてくる。ルネは顔をあげて、彼の青い瞳と目が合ってどきりとした。

「シルヴァンさま……愛してます」

ルネは思っていたことをそのまま口に出し、自分の頬が、かっと熱くなるのに気がついた。シルヴァンは目をすがめ、強くルネを抱きしめてきた。彼の肌の感覚が、たまらなく心地いい。

「どうやったら……この気持ちを、シルヴァンさまに見ていただけるんだろうかって」

小さな声でルネが言い、するとシルヴァンの手を頬に感じる。大きな手で撫でられて、ルネはひくりと反応した。

「俺は……いただいてばかりだ。シルヴァンさまにお返しできるものが、なにもない」

「その心こそが、おまえにしか生み出せないものだ」

シルヴァンの言葉に、ルネは少し首を傾げた。シルヴァンは微笑んで、ルネを見つめている。

「おまえの純粋な心……愛が。私には、伝わってくる」

「本当、ですか?」

ああ、とシルヴァンは頷き、ルネの髪に指を絡ませると、軽く引っ張る。

「その気持ちこそが、私の受け取った宝物だ。おまえが私だけに向ける、愛の形だ」

ルネの胸が、大きく音を立てた。シルヴァンは笑みを濃くして、なおもルネに目を向けている。

「おまえがいてくれれば、私はなんでもできるような気がする」

シルヴァンは言った。彼の言葉の意味がわからなくて、ルネは目をぱちくりとさせた。

「言っただろう。私は……性別ゆえに人生を決められるこの世界が嫌いだった。だから国境兵になり、ベルタンのような町を作った……」

うたうようにシルヴァンが言うのを、ルネは不思議な気持ちで聞いていた。

「私はそのことに、狎《な》れてしまっていたのかもしれない。こうあることに満足して……私にできることは、もっとあるのに。それから目を逸らしていたような気がするのだ」

「シルヴァンさま?」

「おまえは私に、それがなんなのかを教えてくれた……」

シルヴァンはまた、ルネの髪を指先で梳《す》いた。それにも感じさせられるような気がして、ルネはぶるりと身を震わせる。

「ルネ……私は、王になろうと思う」

「えっ……?」

あまりに意外なことを聞かされて、ルネは間の抜けた声をあげてしまった。シルヴァンは、そんなルネの反応を微笑ましいというように見ている。

「あんなに……王になるのを、拒んでらしたのに……」

ルネがそう言うと、シルヴァンはどこか得意げな顔をした。

「みすみす、カルフォン家出身の王となるつもりはない。私は私を祖とする新しい家を作る。私はその家の、初代の王だ」

シルヴァンの言葉に、ルネはぽかんとした。そんなルネを目を細めて見つめながら、シルヴァンは言葉を続ける。

「もちろん、おまえが王妃だ」

そう言ってシルヴァンは、またルネを驚かせた。

「おまえを王妃にして、私は即位する……まずはこの国の者たちすべてが、性別ゆえに苦しまずに済むような方策を実行しよう。そして隣国や……他国だ。たとえばボーアルネのような国。そのような国々に、国民を苦しませることがないようにと進言する。それが可能になるほどの力を、見せつけよう」

シルヴァンの力強い言葉に、ルネは目を見開くばかりだ。そんなルネを見つめながら、シルヴァンは笑った。

「おかしいか？　私の言うことは」

「いいえ……全然。それどころか……素晴らしいです。とても」

ルネの声は、少し震えていた。

「でも……そうしたら、辺境の城は？　ベルタンはどうなるんですか？」

「もちろん、そのままだ。重要な場所だからな」

まるでなんでもないことであるような、いつもどおりの口調でシルヴァンは言った。

「今までのように、私が常に城にいるというわけにはいかないが。しかし城にもベルタンにも、私が育ててきた者たちを配属する」

そう言って、シルヴァンは息をついた。

「……城を任せてもいいと思える人材が多くいるというのは、この日のために天が采配してくださったゆえなのかもしれないな」

「天だけではありません。それはシルヴァンさまの能力と、人望ゆえです」

「嬉しいことを言ってくれる」

シルヴァンは、ルネの髪をくしゃくしゃにした。ルネは彼から逃げて身震いし、するとシルヴァンは楽しげに笑い声をあげた。

「おまえがいてくれれば、私はなんでもできる」

ささやくように、シルヴァンは繰り返した。

「私は……すべての者を幸せにする。オメガでもベータでも、アルファでも……誰もが、幸せになれる国を作る」

ルネは目を細めて、彼の言葉を聞いていた。

「おまえは、私の子を産むだろう……私たちの愛に包まれた、たくさんの子供だ」

シルヴァンは、どこかうっとりしているように見えた。ルネは目を細めて、彼を見つめた。

「子供たちを愛し、国の者たちを愛し、隣国を……他国を。私の力の及ぶ、すべてを」

ルネは腕を伸ばしてシルヴァンに抱きつき、驚く彼の胸に頬を擦りつけた。

「できます、シルヴァンさまなら……」

感極まったルネは、震える声でそう言った。

「シルヴァンさまには、そういう運命が目の前に道を開いているんです……きっとそれは、シルヴァンさまが生まれた意味」

「その運命を開いてくれたのは、おまえだな」

少し甘さの滲む声で、シルヴァンは言った。

「おまえがいなければ、このようなことは思わなかった……なにもかも、おまえが私の前に現れてからだ」

彼はルネを抱きしめた。彼の熱い吐息を首筋に感じて、ルネは息をついた。

「知っているか……ルネ？　つがいになる、儀式のことを」

「儀式……？」

ルネは大きく目を見開いた。シルヴァンは、ますます強く、ルネを抱きしめた。

「そう。ここに、私の徴《しるし》をつけるのだ」

そう言ってシルヴァンは、ルネの首筋を舐めた。ぞくぞくとする感覚が伝わってきて、ルネはきゅっと目をつぶった。

「おまえが、私のものであるという証だ……永遠におまえを離さない。その誓いの、徴だ」

「あ、あ……」

ルネは、喘ぐような声をあげる。そんなルネにシルヴァンは微笑みかけ、そしてどこか恐れるようにささやいた。

「徴を……つけても、いいか？」

「……はい」

震える声で、ルネは答えた。シルヴァンはひとつ頷いて、そしてルネの首筋に牙を立てる。

「は、あ、ああっ！」

痛みはなかった。つけられた傷から、なにか温かいものが流れ込んでくる感覚がある。ルネは大きく震えた。

「こ、れで……俺は永遠に、シルヴァンさまのもの……？」

「ああ。決して分かたれることのない、運命のつがいだ……」

シルヴァンはルネの背に腕をまわして、ぎゅっと抱きしめた。その力強さ、抱擁《ほうよう》の甘さ、そして愛する者と憚《はばか》ることなく愛し合える喜びに、ルネはそっと目を閉じた。

エピローグ

朝陽が出るのと同時に起きて、ルネは自室を出る。箒《ほうき》と塵取《ちりと》りを手に、執務室の前の廊下を掃除する。

続けて執務室の中も丁寧に掃除する。毎日しているのだからそうそう汚れることはないのだけれど、それでもルネは、埃《ほこり》ひとつも見落とすことのないように、隅々にまで目を向けた。

執務机の上の書簡を、シルヴァンの目が通ったもの、未決のものを仕分けして整理する。そのころになると、シルヴァンが執務室に現れる。

「おはようございます！」

ルネが頭を下げると、シルヴァンも「ああ、おはよう」と返してくれる。そう言う声がどこか不機嫌なのは、彼は朝が苦手だから。そのことにルネは、最近になって気がついた。

(朝、起こしても……なかなか起きないんだもんな)

そしてなぜルネがそんなシルヴァンの朝を知っているかというと、ときおり彼のベッドで朝を迎えるから。隣に眠っているシルヴァンを起こしても、すぐには起きないというのを身をもって知っているから。

(起きないからって無理やり起こすと、とんでもないこととされるし)

そのことを思うと、顔がかあっと熱くなる。それを隠そうとルネはことさらに整理整頓の手に集中した。するとそんなルネに、シルヴァンが声をかけてくる。

「今日から、国境の見まわりに行く」

「はいっ！」

ルネは返事をすると、革鎧のしまってある戸棚に目を向ける。

「おまえも行くんだ。自分の支度もしろ。その前に、朝食だな」

「わかりました！」

シルヴァンは食堂に向かい、ルネはそれについていく。食堂にシルヴァンが姿を現わすと、皆が一斉に敬礼し「おはようございます！」と声をかけてきた。

「ああ、おはよう」

シルヴァンは鷹揚《おうよう》にそう言って、席を取る。ルネは素早く食事の載ったトレイを給養員から受け取り、シルヴァンの前に置いた。

「ありがとう」

今のシルヴァンは、どこを見ても欠けることない、完璧に立派な『辺境王』だ。今朝起きたときなかなか目覚めなかったこと、懸命に起こそうとするルネを抱きしめて「もう少し」と駄々《だだ》を捏ねたこと。誰もそんな話は信じないだろう。ルネは肩をすくめて、少し笑ってしまう。

「どうした、ルネ」

「いいえ、なんでも」

シチューを口にしながら、ルネは言った。シルヴァンは疑り深い顔をして、ルネを見ている。

朝のことは、覚えていないのか忘れてしまったのか。

「シルヴァンさま」

声をかけてくる兵士に、シルヴァンは落ちついて答えている。そうやって皆に慕われているシルヴァンはルネの誇りであり、憧《あこが》れの存在であり、あまりにも眩しすぎる存在だった。

（そんなかたに……愛しているって、言ってもらえるなんて）

ルネは少し身震いする。未だに信じられないことだから、疑ってしまうのは仕方がない――ルネはシルヴァンを愛しているのだから。彼のすべてを知りたいと、願っているのだから。そう思うほどに、自分も愛されているなんて幸せすぎて信じ難く思えてしまう。

食事を終えて、執務室に戻る。部屋を訪ねてくる兵士と話をしながら、シルヴァンは革鎧を着せつけてくるルネの手に身を委《ゆだ》ねる。紐を引き結ぶ手も慣れたものだ。

その間にシルヴァンは、国境見まわりの準備を進めていく。同行する兵士を選び、その者を呼ぶように申しつける。ルネが自分の支度を終えたころには、兵士たちの支度も整ったらしい。

「行くぞ、ルネ」

「はいっ！」

見まわりに向かう兵士は皆、大きな雑嚢《ざつのう》を背負っている。以前もこうやって見まわりに向かい、森の動物が襲ってきたことを思い出した。そのときの獣姿のシルヴァンの恐ろしいまでにうつくしい姿が蘇り、ルネは微かに身震いをする。

「武者震いか？」

そんなルネを面白がるように、シルヴァンは言った。ルネは、ぶんぶんと首を左右に振る。

「そんなんじゃありません……ただ、前みたいになったら怖いなって」

シルヴァンの獣姿を思い出し、あのうつくしさにわななないたと言うのは、なぜか気恥ずかしかった。

「おまえが心配することは、なにもない」

シルヴァンは、ぽんとルネの肩を叩く。

「おまえは、以前よりも強くなった」

ルネは顔をあげて、シルヴァンを見つめた。彼の金色の被毛が微かに揺らいで輝き、青い瞳がきらめいている。そのさまに、ルネは見とれた。

「私の助けなど、いらないくらいにな。おまえは立派な、国境兵の一員だ」

「え……」

「頼りにしているぞ」

そう言ってシルヴァンは、ルネに背中を向ける。

「……行くぞ」

「はいっ！」

シルヴァンを追って、ルネは足を踏み出した。振り返り、空を見る。降り注ぐ陽は、輝かしく眩しかった。

（こうやって、シルヴァンさまと一緒にいること……もうすぐ実現する、シルヴァンさまの即位……それについて、一緒に働くこと）

それがルネにとっての、なによりの幸せ。運命のつがいという絆《きずな》すらも越えた、分かちがたいふたりの結びつき。きびすを返し、シルヴァンに追いつく。ルネは軽快に、朝の光の中に飛び込んでいった。

（終）

「辺境の金獣王」書き下ろし

みらいのおはなし

見慣れた風景が、ずっと遠くにまで広がっている。その光景に、ルネの胸は大きく高鳴った。

「わぁ……！」

ルネは馬車の窓から身を乗り出し、その景色を前に歓声をあげた。馬車は軽快に走り、懐かしい城はどんどんと近づいてくる。

(懐かしい、本当に懐かしい……！)

弾む胸を押さえながら、ルネは近くなる景色を眺めていた。

(やっと、帰ってこられたんだ)

新王としての即位のため、シルヴァンは王都にあがった。ルネも彼について王都に向かい、新王選出の儀のすべてを見届けた。ドミナンスアルファであるシルヴァンが即位することは誰の目にも明らかだったけれど、唯一カルフォン家はそれをよしとせず、王位を争うことになった。勝ち残ったのはシルヴァンだった。

シルヴァンが新しい王となり、ルネを王妃として迎えた。ふたりは祝福されて結ばれ、その間には三人の子が生まれた。その子供たちが四歳になる今まで、ルネたちはかつて暮らしていた辺境の城を訪れることもできなかったのだ。

「ルネ、身を乗り出すと危ない」

「でも、シルヴァンさま！　城です！　国境の城です！」

馬車の窓は、小さい。ルネが顔を出しているだけでもいっぱいなのに、後ろから覗き込もうとしている小さな三人がいるから、馬車は少しだけ左に傾《かし》いだ。

「レオも、レオも見る！」

「レオは、あっち行って！　ロイクが見るの！」

後ろで騒いでいる子供たちは、しきりにルネのダルマティカの裾を引っ張ってくる。ルネが振り返ると、その後ろでひとり、泣きそうな顔をしている女の子がいる。ルネは窓から一歩退いた。

「レオも、ロイクも。レネも、こっちにおいで」

頭の上には小さな耳を生やし、短くかわいらしい尻尾をぴんと逆立てた子供たちは、我先に窓に近づいた。しかし馬車の窓は狭いうえに高いところにあって、子供たちでは背が届かない。

「見えないよ！」

「子供たち、ちゃんと座っておいで」

呆れたように、シルヴァンが言った。

「城には、もう着く。慌てなくとも、馬車が止まってから好きなだけ見ればいい」

「今見たいの！　早く見たいの！」

ルネは、シルヴァンと目を見合わせた。肩をすくめて少し笑うと、シルヴァンは立ちあがる。

本格的に馬車が揺れたので、ルネは慌ててシルヴァンの座っていたところに座った。立派な体軀のシルヴァンの体重にはとても敵《かな》わないが、とりあえず馬車の均衡を保つことはできるだろう。

「ほら、こうすれば見えるか？」

シルヴァンは、一番大きな声で騒いでいたレオを抱きあげる。そうやって窓の外を見せてやると、レオは歓声も忘れたかのように、大きく目を見開いた。

「すっごい！　広い！」

広がる荒野を目にしてのレオの感嘆に、シルヴァンは薄く微笑む。続けてロイクを、そして声には出さずに涙だけを流しているレネを抱きあげると、レネは馬車の進行方向に向かって指を差した。

「おっきいお城」

「そうだな、国境の城だ」

シルヴァンはレネの指す方向を見る。王宮からほとんど出たことのない子供たちは、王宮の全景を見たことがないから、国境の城はより大きく見えるのだろう。ルネも、腰を浮かせてそちらを見やった。

「もうすぐだな。ほら、出迎えの者たちが見えるだろう？」

「僕も見る！」

「僕も、僕も！」

子供たちがまた騒ぎはじめた。それが御者《ぎょしゃ》に聞こえているのか、二頭立ての馬車はますます速度をあげて走っている。

「シルヴァンさま！」

風に乗って、声が聞こえてくる。国境の城の者たちだろう。懐かしい声が混ざっているような気がする。ルネも窓から身を乗り出したかったけれど、馬車の均衡が崩れて倒れるようなことがあってはいけないので、馬車の隅にじっと座っていた。

やがて馬車が止まる。御者が降りて、扉を開けてくれる。子供たちが、歓声とともに勢いよく飛び出した。

「うわぁい、すっごく広いよぉ！」

「おっきなお城！　人がいっぱいいる！」

シルヴァンたちについて、ルネも降りた。シルヴァンの腕に抱かれていたレネも地面に降りて、兄弟たちを追っている。

「シルヴァンさま……お懐かしゅうございます」

「お忙しい御身、わざわざこのようなところにまで来ていただけるとは」

「久しいな。皆、元気でやっているか？」

王たる者としての貫禄《かんろく》は、普段王宮にいるときと変わらない。しかしそれでもどこか、少しばかり緊張が解けたような表情で、シルヴァンは城の者たちから途切れない挨拶を受けている。

（みんな……本当に、久しぶりだ）

その後ろ姿を見ながら、ルネの脳裏には懐かしい思い出が蘇っていた。

新王選出開始の報《しら》せが国中を巡ったとき、シルヴァンはクロードをはじめとする精鋭の部下たちを執務室に集めた。ルネは、部屋の隅からそれを見守っていた。

シルヴァンは、即位する決意を語った。しかも彼の生まれたカルフォン家から出るのではなく、新しい家を興《おこ》して、自らが祖となる。そんなシルヴァンに皆驚いたけれど、同時にシルヴァンらしい、と納得もしたようだ。

いずれこうなることを先読みしていたかのように、シルヴァンは精力的に動いた。カルフォン家を無視しての彼の働きに、ファビオなどは何度かシルヴァンに物申しにやってきたけれど、シルヴァンは彼を相手にしなかった。

ルネはシルヴァンに、王妃になることを求められ、ルネに否やはなかった。しかし王都にあがって即位が決まるまで、国境兵のひとりとして扱ってほしいと願い、それは叶えられた。ルネがシルヴァンとともに王都にあがることを知って、驚いたのはひとりやふたりではなかった。

「ルネ！　元気だったか？」

「ジブリル！」

懐かしい声が、ルネを呼んだ。はっとそちらを見ると、目に入ったのは国境の城にいたころに仲よくしていたベータだ。あのころと同じように、元気に手を振りながらこちらに駆け寄ってきた。

「おまえ……変わったなぁ」

「そう？」

ルネは思わず、自分の頬に手を置く。ジブリルは笑った。

「なんか、威厳があるというかさ。前、ここにいたときはもっと……なんというか、ちっちゃいうさぎみたいだったのに」

「うさぎはひどいな」

ルネは笑う。すると彼の足もとに、子供たちが集まってきた。

「おお、この子たちが、シルヴァンさまとの？」

「うん」

三人は、ルネの脚に抱きついてジブリルを見ている。ルネは、レオの背中を押した。

「ほら、ご挨拶をして。アーチャのお友達だ」

「アーチャの？」

レオは、ルネとジブリルを交互に見た。きょとんと、不思議そうな顔をしている。

「なんだ、アーチャって？」

ジブリルのもっともな質問に、ルネは笑った。

「俺のことだ。王妃は、アーチャリズナーって呼ばれるだろう？　長いから、略してアーチャ」

ジブリルは人好きのする表情で、レオに挨拶をしている。害のない人物だと子供なりに判断したのか、ロイクもレネも、そろそろとジブリルに近づいた。

「そうか。俺はアーチャの友達で、ジブリルっていうんだ。よろしくな」

「よろしく……？」

使い慣れない言葉に、レオは戸惑っている。首を傾げている子供たちがかわいらしくて、ルネは思わず笑ってしまった。

レオはそっと手を伸ばして、ジブリルのチュニックの裾を引っ張っている。ジブリルは声をあげて笑い、レオを勢いよく抱きあげた。

「わ、あっ！」

「ここまで馬車で来たのか、偉いな。馬車の中は揺れて狭くて、辛かっただろう？」

「そんなことないよ！」

レオは顎《あご》を引いて、ジブリルをじっと見た。

「馬車はね、すごく揺れるんだ。馬車の中でみんなで跳ねて、誰が最初に転ぶかって、遊んだ！」

「誰が、最初に転んだんだ？」

ジブリルの問いに、レオはぎゅっと口を噤んだ。その表情から察したらしいジブリルは、ロイクとレネを見やる。

「こっちがロイクで、こっちがレネ」

ルネがジブリルに子供たちを紹介すると、そうか、と彼は頷いた。そんな彼を、レネは大きな瞳でじっと見ている。

「……あたし」

小さな声で、レネは言った。引っ込み思案の彼女らしく、耳を澄ましていないと聞こえないくらいの声だ。

「ん？　レネが、勝ったのか？　最後まで転ばなかった？」

レネは、うんと頷いた。そして両手を伸ばし、ジブリルに抱っこを要求する。ジブリルがそれに応《こた》えてやると、ロイクが「僕も！」と声をあげた。ジブリルは困った顔をしている。

「ははっ、無茶を言ってやるなよ」

「チャイーダ！」

そこに現れたのは、シルヴァンだ。子供たちは喜んで彼に手を向け、シルヴァンはロイクを抱きあげた。ロイクは、きゃあと声をあげる。

「ルネ、あちらの者たちがおまえを待っている」

「あ、はい」

シルヴァンの視線の先を辿る。するとそこには懐かしい、シルヴァンの配下の者たちがずらりと並んでいた。その中央にいるのは、革鎧をつけたクロードだ。

「皆さま……お久しぶりです！」

ルネは声をあげながら、駆けた。居並ぶ男たちの前で、頭を下げる。

「やめてください、アーチャリズナー」

白い髭《ひげ》のベータが、慌てたような声をあげる。

「頭を下げなくてはいけないのは、私たちのほう……どうぞ、顔をおあげください」

彼らに気を遣わせるのも申し訳ないと、ルネは顔をあげた。目が合ったひとりひとりと軽く黙礼する。クロードと視線が交わったときは、少しだけ緊張した。

「ご立派なご様子、王妃の任をつつがなくお勤めであるようにお見受けいたします」

「はい……ありがとうございます」

ルネがシルヴァンの小姓だったときから、愛想というものはなかったクロードだ。重々しくそう言われて、ルネは小姓時代のように再び勢いよく頭を下げた。

「クロードさまも、国境将軍の任、立派にお勤めくださっていると伺っております」

ルネの言葉にクロードはなにも言わなかったが、ルネの賛辞に礼を言うように、そっと目を細めた。相変わらずのその表情に、ルネはなんとなく安心して微笑む。

ルネの後ろに、足音が近づいてくる。子供たちの歓声が聞こえる。

「さぁ、まずは中に入ろう。そろそろ冷えてくる時間だ」

「シルヴァンさま」

両腕に子供たちを抱きあげてシルヴァンが言う。ジブリルがロイクを抱いて後ろに従い、シルヴァンは慣れた足取りでかつて知ったる辺境の城の門をくぐった。

ルネはそれに従って、シルヴァンを追いかける。すれ違ったクロードが、そっとルネに視線を向けてきた。

「幸せそうで、よかった」

「……はい！」

小さな声でそう言ったクロードが薄く微笑むのに、ルネも笑顔で返す。レオが大きな声で「アーチャ！」と呼んでいるのに返事をして、先を行くシルヴァンのほうに早足で駆けていった。

（終）

「みらいのおはなし」書き下ろし

あとがき

今現在、部屋の天井の灯りが壊れています。ＬＥＤなはずだし、それが切れるという時期でもないし、なぜ……直す余裕がないので、デスクライトで急場をしのいでいますが、困ったなぁ。

というわけで、こんにちは。はるの紗帆です。お手に取っていただき、まことにありがとうございます。ノベルスでは再びの獣人オメガバースですが、いかがだったでしょうか。前作とは違うお話ではありますが、同じ国を舞台にしております。時代もたぶん違うんですが、固有名詞とかは共通しているので、見比べてみてくださると面白いかもしれません。雑誌を合わせて三作、この獣人オメガバースを書かせていただいて、いろいろな設定とともに私の中でいろんなカップルが生まれているので、また書く機会があれば嬉しいな、またの機会があればいいな、と思っております。

ええと、前回はあとがきが一ページだったのですぐに終わってしまったのですが、今回は二ページになったので、なかなか埋まりません。近況……子供のころからお芝居は大好きだったのですが、最近今まで とはジャンルの違うお芝居にハマり、その俳優さんに萌えあがり、ファンクラブにまで入ってしまった……若い俳優さんを応援するのは全然構わないのですが、それにしても子供みたいな年齢の俳優さんにハマるとは思わなかったです。そんなわけでかなり戸惑いつつ、それでも楽しい日々を送っております。

その俳優さん出演のお芝居が東北であったので行ってきたのですが、ものすごく寒かった。会場は新幹線の駅から一時間もかかるところで、明らかに駅前よりも寒かった。遠いとはいえ、一時間移動しただけであんなに寒いとは思わなかったです。今年は長い間気温が高かったのですが、私が東北から帰ってきたら急に寒くなったので、なにごとかと思いました。夏の暑いのも苦手ですが、冬の寒さも辛いです。一年中、春か秋だったらいいのに。

お世話になったかたがたに、御礼申し上げます。イラストを担当してくださった、榎本あいう先生。何度も見返したくなる、接触度の高い（！）イラストをありがとうございました。改めまして、ぜひ何度も見直したいと思います。

いろいろとお手間をおかけしました、担当さん。相変わらずのポンコツで申し訳ありません、が少しはましになったかと思っております。どうかな……？

編集部のかたがた、関わってくださったすべてのかたがたに感謝いたします。お読みくださった読者の皆さまには、最大級の感謝を捧げます。ありがとうございました。今後もどうぞ、よろしくお願いできましたら幸いです。

はるの紗帆

ビーボーイスラッシュノベルズを
お買い上げいただきありがとうございます。
この本を読んでのご意見・ご感想をお待ちしております。

〒162-0825　東京都新宿区神楽坂6-46
ローベル神楽坂ビル4F
株式会社リブレ内　編集部

アンケート受付中
リブレ公式サイト　https://libre-inc.co.jp
TOPページの「アンケート」からお入りください。

SLASH
B-BOY NOVELS

辺境の金獣王　愛淫オメガバース

2019年1月20日　　第1刷発行

■著　者　　はるの紗帆

■発行者　　太田歳子
■発行所　　株式会社リブレ

〒162-0825　東京都新宿区神楽坂6-46　ローベル神楽坂ビル
■営　業　　電話／03-3235-7405　FAX／03-3235-0342
■編　集　　電話／03-3235-0317

■印刷所　　株式会社光邦

Printed in Japan
ISBN 978-4-7997-4197-9